藏書

珍藏版

中华成語故事

贰

赵文博 主编

辽海出版社

为人作嫁

这个成语故事出自唐代秦韬玉《贫女》诗。秦韬玉，字仲明，唐时京兆（今陕西西安市）人。他的诗作不多，也不算名家。但他有一首以一位贫家少女自述的诗《贫女》却很有名，可以说是家传户诵，流传很广。这首诗共八句，原诗如下：

蓬门未识绮罗香，拟托良媒益自伤。

谁爱风流高格调？共怜时世俭梳妆。

敢将十指夸针巧，不把双眉斗画长。

苦恨年年压金线，为他人作嫁衣裳。

蓬门：贫女门第；绮罗：贵重的丝织品；风流：风度潇洒；高格调：品格高尚；共怜：共同欣赏珍惜；俭梳妆：朴素的梳妆；双眉斗画长：比赛谁的眉毛画得长，指比赛打扮时髦。

诗的大意是：我本是个贫寒家的女子，从来没有过贵重的衣饰。如今想找个好的媒人来说说出嫁的事，心里就未免更加伤感起来了：我虽说品格高尚、风度潇洒，可有谁爱？这朴素的打扮又有谁欣赏呢？我敢说在做针线活上我是一个巧手，但却不想去同别人比那时髦的打扮。最使我痛恨的是，年年月月都在引线刺绣，可这都是在为别人做出嫁的衣裳啊！后来，人们把“为他人作嫁衣裳”这句诗，简化引申为“为人作嫁”这个成语，用来比喻只是为别人辛苦、忙碌。

尺短寸长

这个成语故事出自《楚辞·卜居》。

《卜居》记叙了屈原被流放后的一段故事：屈原被流放以后，仍然时刻地思念着祖国和人民的安危，但是他没有办法回到京都，只好怀着忧愤的心情，去请人卜卦，把自己积压在心头的有关为人处世、忧国忧民的问题，都向管理卜卦官吏郑詹尹提了出来。比如说：到底是宁肯说真话而冤死呢，还是去追求富贵而糊糊涂涂地活着呢？是宁肯昂然挺拔以保持忠贞呢，还是去献媚讨好奸邪之徒呢？等等。接下去他更是不解的问道：为什么总是有才能不能发挥，无能者反被重用？为什么正直无私的人反遭排斥，而造谣挑拨的小人气焰那么嚣张？最后屈原愤然地叹道："举世皆浊，我该怎么办呢？谁又能了解我啊！"这位卜卦的老先生听后，却回答说："你这个卦我实在是没有办法卜。'尺有所短，寸有所长，物有所不足，智有所不明……'卦也有所不准，神也有所不灵，我解决不了你的疑问。"

开门揖盗

这几句话的大意是：尺固然比寸长，寸固然比尺短，但是由于应用的场合的不同，即使一尺也有不够长的时候；而一寸也有多余的时候。换言之，就是长的，也有它短的一面；短的，也有它长的时候。任何的事，任何的人，都有其长，也各有其短。

后来，人们便把“尺有所短，寸有所长”这两句话，简化引申为“尺短寸长”这个成语，用来说明事物总是各有其长，也各有其短。

韦编三绝

这个成语故事出自《史记·孔子世家》。韦：一种柔软的熟牛皮；韦编：古代用竹简写书，用熟牛皮带子把与书的竹简编联起来；绝：断。

大教育家孔子，到了晚年仍然好学不倦。据《史记》记载：“孔子晚而喜《易》。”《易经》，即《周易》，由卦、爻两种符号和卦辞（说明卦的）、爻辞（说明爻的）两种文字组成，都是为着占卦用的。全书共六十四卦三百八十四爻。这部书，在宗教迷信的外衣下，保存了古代人的某些朴素的辩证法的观点。

可想而知，像这部古书，是很难读懂的。孔子尽管到了晚年才开始读它，但他以坚忍不拔的毅力，坚持阅读，一遍不懂，反复阅读，直到读懂为止。就这样，孔子对《易经》进行了深入的研究，先后写成十篇心得体会文章，即：《十翼》。后来，人们把这十篇文章附在《易经》的后面，成为《易经》的补充。

《史记·孔子世家》，在记叙孔子对《易经》进行刻苦研究时说："读《易》，韦编三绝。"意思是说：孔丘读《周易》，翻来覆去地读，竟把编联《周易》竹简的牛皮绳子都磨断了好几次。

后来，"韦编三绝"被引申为成语，用来形容刻苦好学、勤奋读书的精神。

见利忘义

这个成语故事出自《汉书·樊郦滕灌傅靳周传赞》。

汉高祖刘邦去世后，吕后专权，分封诸吕，诛杀功臣，弄得朝廷混乱。公元前 180 年，吕后死后，她的侄子吕禄以赵王的身份担任朝廷的上将军。吕后的另一个侄子吕产，按照她的遗诏又以梁王的身份在朝廷担任相国。诸吕进一步控制了整个朝政大权，并准备纠合吕党全面篡夺刘氏天下。

这时，作为统帅全军的太尉周勃，兵权已失，连军营的大门都进不了。周勃本是西汉王朝的开国功臣，编席出身的著名将领。他自从跟随刘邦从沛县起兵·反秦，直到开国后抗击匈奴，平息诸侯王叛乱，他总是在刘邦的指挥下，转战各地。周勃对西汉王朝忠心耿耿，为人耿直朴实。但他“重武少文”，面对诸吕阴谋作乱，早已愤愤不安，自己又拿不出好办法来，便去找虽为丞相实不管事的陈平商议对策。两人商议后，觉得首要的是要夺回兵权，而掌握兵权的大将军吕禄，与曲周侯郦商父子交情最深，便决定先将郦商扣押起来，再强迫他的儿子郦寄去劝诱吕禄交出兵权。郦寄因父亲被扣押，只好照周勃、陈平的计策，去诱劝吕禄把兵权交还太尉周勃。吕禄本是庸人，再加之认为郦寄是知心好友，不致相欺，便有些动心了。正当吕禄犹豫不决的时候，周勃不顾个人安危，带着郦寄，勇敢地闯入北军，吕禄在郦寄的再次劝诱下，终于交出了将印，北军便归了周勃指挥，从而得以杀吕产于未央宫。其余诸吕，也被周勃捉住，一一斩首。而后，周勃、陈平等便迎立代王刘恒当了皇帝，史称汉文帝。

《汉书》的作者班固在记述了这件历史事实时，曾评述说：

当孝文时，天下以郦寄为卖友。夫卖友者，谓见利而忘义也。

班固认为：郦寄卖友，虽然毁了吕禄，但使国家免于分裂，得到了安宁，这样“谊存君亲”，与那种“见利忘义”不同，也是值得赞许的，不应否定。

后来，人们根据班固对上述史实的评述引出“见利忘义”这个成语，用来比喻见了私利，就忘了正义和道义。

长驱直入

这个成语故事出自汉末曹操《劳徐晃令》。驱：策马前进；直入：不停顿地前进。

公元 219 年（汉献帝建安二十四年），曹操把战略目标指向了荆州。这时，曹仁正在这一带与蜀国大将关羽作战。关羽的军队包围了襄阳，曹仁牢牢守住樊城。七月，曹操派于禁率军去增援曹仁。此时正值汉水猛涨，关羽就乘机水淹曹军，生擒于禁。但曹仁仍坚持守住樊城，等待援军。在这紧急时刻，曹操亲临摩陂指挥作战，他派部将徐晃带领援军先接近樊城。徐晃为避开关羽的锋芒，便在阳陵陂这个地方停了下来，待机而动。徐晃一面派人与曹仁联系，一面又带兵到部分蜀军屯兵的偃城，佯装挖掘陷坑，表示要截断偃城退路。蜀军中计，慌忙撤出了偃城。徐晃乘机进驻偃城，形成两面联营，紧逼关羽的外围。这时曹操又派来十二营援军，徐晃便以声东击西的办法迷惑蜀军，发起猛攻。徐晃一马当先，冲进了蜀军对曹仁的包围圈中。这个包围圈虽然里外十重，又布满了陷坑和鹿砦，但阻挡不住曹军的冲杀。蜀军大败，纷纷逃窜。关羽被迫败走麦城，不久便为吴军所杀。襄、樊之围解除了，捷报传来，曹操高兴极了，就派人给徐晃送去亲笔慰劳信。信中赞扬徐晃说：

吾用兵三十余年，及所闻古之善用兵者，未有长驱径入敌围者也。

意思是：根据我用兵三十多年的经历，以及我所知道的古代善于用兵打仗的人当中，还没有一个像你那样，跃马加鞭长距离地快速前进，冲入敌人重围之中，连斩敌将，大获全胜的。

当徐晃率军回到临近襄、樊的摩陂那天，曹操又亲自去迎接，并在城里大摆酒宴犒劳全体将士。

根据这个故事，后来人们把“未有长驱径入敌围者也”这句话，简化引申为“长驱直人”这个成语，用来形容以不可阻挡之势，快速前进，也用来比喻进军很顺利。

水天一色

这个成语故事出自唐代王勃《滕王阁序》。

在《滕王阁序》中，王勃在描写滕王阁周围秋日秀丽如画的景色时，其中有这样几句话：

虹销雨霁，彩彻云衢。落霞与孤鹜齐飞，秋水共长天一色。

虹：彩虹；霁（音 jì 计）：雨后或雪后天晴；云衢：天空；鹜（音 wù 务）：水鸭子。

这段话的意思是：在这雨过天晴之时，长虹消失，彩云散去，阳光照耀天空。落霞自上而下，孤鹜自下而上，仿佛同在一起飞翔；秋水碧绿，与天色相连，蔚蓝的天空又映入水中，水天连成一片，形成一色。

后来，从“落霞与孤鹜齐飞，秋水共长天一色”这传世名句中，引出了“水天一色”这个成语，现多用来形容水域辽阔，水天连成一片。

风雨飘摇

这个成语故事出自《诗经·豳风·鸱鸮》。飘摇：飘荡。

无出其右

西周的时候，豳（音 bīn 彬，地名，在今陕西旬邑和彬县之间）这个地方，流传着一个童话寓言故事。故事叙说的是一只善良而勤劳的雌鸟，辛勤地抚育着幼雏，趁着天还没有下雨，及早地取来桑根，把窝补得牢牢的，以防灾备患。后来，有人把这个童话，以雌岛自诉的形式写成了《鸱鸮》这篇诗。

全诗四章共二十句。诗的第一章写雌鸟对迫害它的鸱鸮的警告；第二章写雌鸟趁天晴之时，加固窝巢，以备抵御自然灾害和其他祸害；第三章写雌鸟为建窝劳累不堪；第四章写窝未建成雌鸟终日为之忧惧。

《鸱鸮》这首寓言童话诗，在最后一章（即第四章）里是写雌鸟因窝未建成终日为之忧惧的心情。起首四句是：

予羽谯谯，予尾翛翛。予室翘翘，风雨所漂摇。

鸱（音 chī 痴）鸮（音 xiāo 萧）：猫头鹰，一种凶猛的鸟，捕食小鸟、兔、鼠等小动物；谯（音 qiáo 樵）谯：羽毛稀疏；翛（音 xiāo 销）翛：羽毛凋零；翘翘：高而不安稳；漂：同飘。

这几句诗的大意是：由于建窝的劳累，我周身和尾部的羽毛都稀疏脱落了。可窝还没有建造好，它高而不稳，在风雨中摇摇晃晃。

后来，人们便把“风雨所漂摇”这句诗，简化引申为“风雨飘摇”这个成语，多用来形容形势动乱不安，很不稳定，常用以形容旧世界的政局。

风烛残年

风烛：被风吹拂飘摇的灯烛；残年：在世不久，剩余之年不多了。这个成语最早见于《古乐府·怨诗行》：

百年未几时，奄若风中烛。

东晋王羲之《题卫夫人笔陈图后》：

时年五十有三，或恐风烛奄及，聊遗教于子孙耳。

再后，唐玄奘《大唐西域记》里也有这样的描述：

世间富贵，危甚风烛。

在元朝的时候，有这样一个故事：容城（今河北容城县）人刘因，从小就死去父亲，后来曾在朝中做右赞善大夫，后因母病，辞官回家。母亲病愈之后，朝廷又召他去任职，刘因却辞而不就。有的人不解地询问其故，他回答说："母亲已经九十高龄了，这就好像是'风前之烛'，我怎么能贪图一时的富贵，远离家乡呢？"

根据这些诗文、故事和记载，后来便引出"风烛残年"这个成语，用来比喻人已衰老，剩下可活的时日不多了。

东窗事发

“东窗事发”说的是秦桧夫妇阴谋陷害岳飞的故事，出自明朝田汝成的《西湖游览志余》。

宋朝时，北方女真族崛起，建立了金国。金国势力渐渐强大，并不断南侵宋朝疆土，当侵占了黄河流域后，野心更加扩大，继续向南推进，很快占领了淮河流域和长江流域的大片土地。南宋以大将岳飞等人为代表的主战派，在广大人民的支持下，率军抗金，连连打了很多大胜仗，收复了大片失地，金兵节节败北，十分害怕，金将金兀术甚至哀叹道：“撼山易，撼岳家军难!”

但是，南宋朝廷中以奸相秦桧为首的主和派，利用宋高宗赵构的不主张抗战和昏庸无能，暗中与金国相勾结，并排挤、迫害主战派。在岳飞节节胜利的情况下，秦桧假传“圣旨”，连发十二道金牌，把岳飞从抗金前线调回京城临安（今杭州），以“莫须有”的罪名，杀害了岳飞。

据《西湖游览志余》记载，秦桧杀害岳飞的阴谋，是他与妻子王氏在家中的东窗之下策划的。一开始，秦桧由于对主战派还有一些顾忌，因此，在把岳飞下狱之后是否就杀掉，曾有过犹豫。王氏却对他说："擒虎易，纵虎难!"秦桧于是下决心，杀害了岳飞。此后，秦桧乘船游西湖，突然发病。他在恍惚中看见一个人披着长头发，大声呵斥说："你误国害民，我已在天上控诉了你。现在，你死已临头，请吧!"秦桧吓出一身冷汗，回到家中，便一命呜呼。不久，他的儿子也死了。王氏请来方士，设立道场"超度"秦桧父子的亡灵。方士来到阴曹地府，发现秦桧铁枷重镣锁在那里。秦桧对方士说："麻烦你捎个口信给我的妻子，就说东窗之事已发了。"

后来，人们以"东窗事发"为成语，比喻阴谋败露。

功德无量

"功德无量"成语出自《汉书·丙吉传》。

汉武帝时，鲁（今山东）人丙吉为狱吏，因犯法而被撤职。到了武帝末年，国家谣言四起，丙吉又被召来处理谣言的事情。当时武帝的孙子刘询（即后来的宣帝）

刚生下几个月，因受卫太子事的牵连，也入了狱。丙吉十分可怜刘询，他认为太子本来就没罪，刘询更是无辜受害。于是他便派人把刘询护养起来。

公元前 87 年，汉武帝患病，有人说是因为长安监狱中有天子之气的关系。武帝听了便命令将狱中的囚犯，不分轻重，一律杀掉。使者来到丙吉所管辖的监狱后，丙吉拒不开门，说：皇孙在里面。其他人死于无辜都不行，更何况皇孙呢？二人相持到天明，丙吉也没让他们进去。使者只好回去向武帝报告，汉武帝哀叹说：这是天命啊！因而赦了全体犯人。丙吉从此以后更加精心抚养刘询。

宣帝刘询即位后，开始并不知道自己小时候的事情，丙吉在朝做官，也不愿让皇帝知道自己对他有过恩。后来别人告诉了宣帝这件事。宣帝感谢丙吉大恩，对他倍加敬重，屡次升职，丙吉死后又对他的子孙加封。

到了元帝时，长安人伍尊上书再次称颂丙吉的大功说：丙吉当年不怕辛苦和担风险，尽心抚养宣帝，使得圣上神灵成全，“功德已亡（无）量矣”。

“功德无量”即来源于“功德已亡量”一句，指恩德非常大。常用作赞美之辞。

失之毫厘，谬之千里

这个成语原出《易经》。后来《汉书》里有这么一段故事：

投笔从戎

司马迁的父亲终身为太史令，但汉武帝去泰山封禅时却没有让他随行，气得卧床不起。临死之前，他握着司马迁的手哭着说：“我们的祖先从周朝起就是史官，很早就主管天官之事。现在家道衰落，难道要自我而绝吗？天子接千岁之统，封泰山，我却不能随行，这是命啊！我死后，你肯定会成为太史令，你可不要忘记我想写的著作啊。”司马迁含泪跪下答应了父亲的要求。三年后，司马迁成为太史令。他广泛搜集材料，专心写《史记》。

一次，司马迁和上大夫壶遂交谈，说：“先人说过，自周公死后五百年而有孔子；孔子至今又有五百年的历史了。现在正是正《易传》、维《春秋》、接《诗》、《书》、《礼》、《乐》之时，我志正是如此。”上大夫壶遂问：“当初孔子为何要写《春秋》呢？”司马迁回答：“我听董仲舒说：‘周道衰败之时，孔子曾为鲁国司寇。当时诸侯为害，大夫欺骗天子，擅自行令，孔子自知力不从心，还不如写书明是非，恢复正道，因而他就作了《春秋》。’《春秋》一书中，弑君的事有三十六起，亡国有五十二个，诸侯奔走保不住统治权的更是不可胜数。之所以这样，都是因为败坏纲纪，失其本分啊！所以《易经》上说：‘失以毫厘，谬以千里。’有国者不可不知《春秋》，不然前面有奸臣而不见，背后有恶贼而不知；为人臣者不可不知《春秋》，不然守常事而不知如何为好；遇到变化而不知如何处理。《春秋》乃是礼义之根本啊。”

后人将“失以毫厘，谬以千里”改为“失之毫厘，谬之千里”，或写作“差之毫厘，失之千里”，意思是即使是很小的差错，也会造成很大的错误。强调不能有一点儿的差错。

正襟危坐

这个故事出自北宋苏轼《前赤壁赋》。正：整理；襟：衣襟；危坐：端坐。

苏轼第一次游览黄冈赤壁矶，那是公元 1082 年 7 月 16 日。这一天，他与友人一起泛舟江上，微风慢慢地吹来，江面显得很平静。他们一边饮酒，一边吟诵着曹操的《短歌行》和《诗经·陈风·月出》中的诗句。大家玩得兴起，直到月亮从东边山上升起很高了，仍在开怀畅饮，并不断地敲着船舷唱着歌。朋友中有一位会吹洞箫，他按着歌子的声调曲拍吹奏了起来，那箫声呜呜然，像在怨恨，又像在思慕；像在哭泣，又像在申诉

这箫声，无疑也使得苏轼产生了许多联想：

苏子愀然，正襟危坐，而问客曰："何为其然也？"

愀然：惆怅，忧愁凄凉的样子。这段话的意思是：我不免有些惆怅起来，整理好衣襟，端正地坐着，问那位吹箫的朋友：你为什么要吹得这样悲凉呢？

原来，这位朋友是在哀叹人生的短促而又十分渺小，羡慕长江流水无穷无尽，故只得借箫声来表达自己悲凉的感情。

后来，"正襟危坐"被引申为成语，原指整一整衣服，端端正正地坐着；现多用来形容恭敬严肃的神态。

付之一炬

这个成语故事出自唐代杜牧《樊川文集·阿房宫赋》。付：给；之：代词，它；炬：火把。

杜牧，字牧之，唐代京兆万年（今陕西西安市）人。他出身于世代官僚地主家庭，唐文宗大和二年（公元828年），二十六岁的杜牧考中进士，官至中书舍人。杜牧生活在晚唐时期，当时的唐王朝处在深重的内忧外患之中，他很想有一番作为，所以认真研究时政，总结历史上“治乱兴亡之迹”，企图恢复盛唐的繁荣局面。

可是那时候的唐王朝的最高统治者，骄奢淫逸，不思进取，浪费和挥霍民财，大修宫室。杜牧因此作《阿房宫赋》，假借秦事以讽刺唐敬宗，如果一味贪图享乐，就会重蹈秦朝的覆辙。

阿房宫是秦王嬴政于公元前212年统一六国后，他嫌咸阳的宫殿小，便在西安市西北渭水南面的阿房，修建一座宏伟而华丽的宫殿。但未及完工，秦始皇就死了，后人便称之为阿房宫。杜牧在这篇赋里以铺叙、夸张、想像的笔法，具体描写了阿房宫华丽的建筑，揭露了封建统治者的荒淫享乐，并指出这就必然带来灭亡的后果。

《阿房宫赋》在描写了它的富丽堂皇和宫人们豪华奢侈的生活后，接着又与了这么几句：

……独夫之心，日益骄固。戍卒叫，函谷举，楚人一炬，可怜焦土！

独夫：指丧失民心的暴君，这里指秦始皇；骄固：骄傲，骄横顽固；戍卒：指陈胜、吴广领导的数百守边征夫；举：攻克；函谷：指函谷关，在今河南灵宝东角。

这段话的意思是：秦始皇这个独夫的心一天比一天骄横顽固。于是陈胜、吴广等戍边的士卒振臂一呼，刘邦一举攻破了函谷关，楚国人项羽的一把大火，可惜那阿房宫就变成了一片焦土！

后来，“楚人一炬，可怜焦土”这句话，被引申为“付之一炬”这个成语，多用来指一把火全烧光了。

去住两难

语出自三国·魏·蔡琰《胡笳十八拍》。

蔡琰从小就爱好音乐，《汉书》上说她“博学有才辩，又妙于音律”。蔡琰回汉以后，曾作琴曲《胡笳十八拍》，重点描写她在匈奴的生活经历——所过的屈辱生活，精神上的矛盾与痛苦，尤其是归汉时的别子之痛。胡笳，是匈奴的一种民间乐器。蔡琰的琴曲，摹拟胡笳的音调，共十八曲。其中第十二曲描述她离开匈奴回汉时的复杂心情，歌词写道：

东风应律兮暖气多，知是汉家天子兮布阳和。羌胡蹈舞兮共讴歌，两国交欢兮罢兵戈。

忽遇汉使兮称近诏，遣千金兮赎妾身。喜得生还兮逢圣君，嗟别稚子兮会无因。十有二拍兮哀乐均，去住两情兮难具陈。

阳和：春天的温暖之气，这里比喻皇帝的恩泽；近诏：皇帝新近下达的诏令，这里指曹操以汉朝皇帝的名义派遣使者，以黄金和白璧赎回蔡琰；会无因：没有机会再相会；哀乐均：哀与乐各半，哀指舍弃二子，乐指返回故乡。

这段诗的大意是：东风适应着季节，送来了温暖。这春日般的温暖是汉朝君王的赐予。匈奴人共讴歌同蹈舞，喜庆两国和欢罢兵戈。忽然间听到汉朝的使者传来的皇帝新近下达的诏令，要以黄金白璧赎回我蔡琰。喜的是我还能活着归汉面圣君，感叹的是离别稚子没有机会再相见。这别子之哀与归国之乐各占半，去留之间的种种矛盾复杂的感情，实在让人难于诉说。

后来，“去住两难”被引申为成语，比喻去留都很为难的矛盾心理。

四海为家

这个成语故事出自《史记·高祖本纪》。四海：古人以为中国四面都有海环绕，故用“四海”代指全国各地。

公元前201年，汉高祖刘邦率军东进，在东垣（古县名，治所在今河北正定县南）一带围歼韩王信叛乱军队的残余。这时候，丞相萧何正在主持修建未央宫（西汉王朝的主要宫殿，建成于公元前200年，故址在今陕西西安市西北长安故城内的西南角）。宫殿修得相当的华丽、壮观，设有东阙、北阙、前殿，以及武器仓库和粮食仓库。高祖回来后，看见宫阙这么的壮丽，就生气地责备萧何说：

天下汹汹苦战数岁，成败未可知，是何治宫室过度也？

意思是：而今天下动荡不安，经过数年的苦战，成败还尚未见知晓，为什么要修建这么华丽的宫室？

萧何回答说：

天下方未定，故可因遂就宫室。且夫天子以四海为家，非壮丽无以重威，且无令后世有以加也。

方：正因为，正是；定：安定；因：借此机会；加：超过，胜过。

这段话的意思是：正是由于天下还不安定，才可以借此机会修建宫室。因为天子要统治全国，没有华丽雄伟的宫室不足以显示威严，并且也可以不让后世的建筑超过它。

听了萧何的解释，刘邦才高兴了。

后来，“且夫天子以四海为家”这句话，被简化引申为“四海为家”这个成语，原意是帝王占有四海、统治全国；现用以形容到处可以安家扎根。

对酒当歌

语出自汉末曹操《短歌行》诗。当：对着，亦可作“应当”。

《短歌行》这首诗艺术而形象地表达了诗人为了建功立业而思贤若渴的迫切愿望。

对酒当歌

传说此诗作于赤壁之战前夕，曹操与诸将聚会、宴饮之后，屹立江上，横槊（朔，长矛，古代的一种兵器）赋诗。全诗四句一韵，共八韵三十二句。前两韵八句，感慨人生短促，抒发为收揽人才及时完成统一大业而忧愁思虑；中间四韵十六句描述了诗人对贤能之人的由衷思念；最后两韵八句，以典故做比喻，表达了诗人要像周公那样礼待贤才的决心。诗的前八句是：

对酒当歌，人生几何？

譬如朝露，去日苦多。

慨当以慷，忧思难忘。

何以解忧？惟有杜康。

几何：多少，这里是“少”的意思；朝露：早晨的露水，用以形容人生短促；去日：过去了的日子；去日苦多：对已经过去的日子太多而感到痛惜，含有伤感人命短暂之意；慨……慷：“慷慨”的间断用法，意指宴会上的歌声激昂慷慨；幽思：深藏着的心事，且旷忧世不治；何以：用什么；解忧：解除忧愁；惟：只；杜康：人名，善酿酒，后以此作酒的代称。

这几句诗的大意是：饮酒之时应当欢歌，人生毕竟是短促的。它像早晨的露水转眼间就消失，已经过去的日子太多让人感到痛惜。宴会上的歌声慷慨激昂，深藏在胸中的心事也难以忘掉。用什么来解除心中的忧愁呢，难道说就只有饮酒作乐吗？

后来，“对酒当歌”这句诗被引申为成语，原指在欢宴之际有美酒有歌舞，后却多用来比喻沉迷于酒色之中。

石破天惊

这个成语故事出自唐代李贺《李凭箜篌引》诗。李凭：人名，与李贺同时代的著名艺人，善于弹奏箜篌（古代乐器名，与今天的竖琴近似）；引：古代一种乐曲体裁。

《李凭箜篌引》这首诗是诗人听了李凭演奏的箜篌之后，运用浪漫主义的创作方法，以丰富的想像和艺术的夸张来比拟演奏的优美动人。这首诗构思奇特，使用神话传说也贴切自然。全诗共十四句，原文如下：

吴丝蜀桐张高秋，空山凝云颓不流。

江娥啼竹素女愁，李凭中国弹箜篌。

昆山玉碎凤凰叫，芙蓉泣露香兰笑。

十二门前融冷光，二十三丝动紫皇。

女娲炼石补天处，石破天惊逗秋雨。

梦入神山教神妪，老鱼跳波瘦蛟舞。

吴质不眠倚桂树，露脚斜飞湿寒兔。

吴丝、蜀桐：今江苏一带产的丝，今成都一带产的桐木，都是制作琴瑟一类乐器的好材料；张：意谓演奏；颓：堆积，云彩都为之凝结，形容音响取得异常的效果；江娥：即湘娥，传说中舜之二妃，舜南巡时死于苍梧，二妃赶至江边，痛哭流涕，泪洒青竹，染成斑点；素女：传说中的神女名，善鼓瑟；中国：即国中，这里指京都长安；昆山：即昆仑山，古时以产玉著名；十二门：古长安城四面有十二门；紫皇：指玉帝；女娲（音 wā 蛙）：神话中的上古女帝，曾炼五色石以补苍天；逗：引起；妪（音 yù 遇）：古时老年妇女通称，这里指爱好音乐，善弹箜篌的成夫人；吴质：即神话中在月宫砍桂树的吴刚，他字质；寒兔：这里指月宫玉兔。

诗的大意是：吴丝蜀桐制成的箜篌，在气爽天高的秋日里弹奏。这优美的乐曲升上天空，流云停步聆听；这优美的乐曲传遍江河，湘娥素女挥涕生愁。这是那技艺高超的李凭啊，在京城演奏的箜篌。它好像昆仑山的美玉碎裂，像凤凰放开了歌喉，像池里的莲花暗泣，像春日的香兰微笑。这声音使长安城融化了冷冷的清光，这声音把玉帝的心弦紧扣，这声音飞上女娲炼石补过的高天，惊落了那五彩石，引得那秋雨绵绵。这声音仿佛传到神山，成夫人也被它迷住；这声音仿佛飘人湖海，老鱼也激动得跳波戏游。月宫中的吴刚听得出了神，倚着桂树彻夜不眠；玉兔听得着了迷，让露水把银毛湿透。

后来，“石破天惊逗秋雨”这句诗被简化引申出“石破天惊”这个成语，多用来比喻文章、议论或事态的发展出奇而且惊人。

左顾右盼

语出自西晋左思《咏史》其一。顾、盼：看。

提到西晋齐国临淄（今山东淄博市）人左思，人们很自然地就会想到“洛阳纸贵”这个成语。这是说的左思曾以十年的时间，以三国时魏、蜀、吴的首都风土、人情、物产为内容写成了名篇《三都赋》。当时的名儒皇甫谧读过《三都赋》后，不禁拍案称绝，当即为之作了题序；侍书郎张载、大学者刘逵，也分别为《三都赋》作了注解。一经名家认可，文人学士们便蜂起撰文颂扬，一时间《三都赋》轰动了洛阳城，富贵人家到处请人工楷抄写，洛阳的纸张顿时紧张，价格为之飞涨。

可就这个使洛阳为之纸贵的左思，幼年时天资却很迟钝，学书学琴都不成。但他非常刻苦用功，能文善诗。左思的功业心强，但他仕进不得意，才能、抱负不得施展，惟以著作为事。他的诗多以揭露寒门出身的知识分子和把持仕事的士族门阀之间的矛盾，抒写自己功业未遂的情怀为主旨。左思的《咏史》诗共有八首，均为借咏古人、古事以抒写自己的情怀、志趣。《咏史》中的第一首，为整个《咏史》诗的总序，诗中叙述了自己的文学才能卓绝，深通兵略，有志于保边疆，为国立功。这首诗大约作于晋武帝咸宁六年（公元 280 年）平定吴国之前。全诗十六句，后六句是：

铅刀贵一割，梦想骋良图。

左眄澄江湘，右盼定羌胡。

功成不受爵，长揖归田庐。

铅刀一割：引用东汉班超上疏中的成语，意为铅质的刀迟钝，一割之后再难使用，借以比喻自己才能低劣；骋：施；眄（音 miǎn 勉）：看；澄：澄清，这里指平定；江湘：长江与湘水，本东吴所在，地处东南，故为“左眄”；羌胡：指少数民族的羌族，在甘肃与青海一带，地在西北，故为“右盼”；爵：禄位；长揖：古代礼节，这里表示谢绝赏赐；田庐：家园。

这几句诗的大意是：自己的才能虽然不高，但像铅刀一样还是能割上一下的，常常希望能施展一下自己的抱负。有志于平定江左的东吴，安定江右西北边的羌胡。功成身退，像鲁仲连那样为平原君退却秦兵，不受赏赐。

后来，“左眄澄江湘，右盼定羌胡”这两句诗，被简化引申为“左顾右盼”这个成语，用来形容向两边看来看去，神情不定的样子；有时也用来形容满不在乎，得意的神态。

左右逢源

这个成语故事出自《孟子·离娄下》。逢：相逢，遇

左右逢源

到；源：水源。

距今两千多年前的教育家孟子关于教育和学习的不少主张，在今天仍有借鉴的作用。比如，他主张学习知识，要提倡自己的刻苦钻研，深切体会，才能牢固地掌握，就是很好的见解，孟子说：

深造之以道，欲其自得之也。自得之，则居之安；居之安，则资之深；资之深，则取之左右逢其原。

资：积蓄；原：同“源”。

这段话的意思是：一个人只有依循着正确的学习方法，才能获得高深的造诣。这就是必须经过自己的刻苦钻研，深切：体会。自觉地刻苦钻研才能牢固地掌握知识；牢固地掌握知识才能使知识领域不断扩大和深化；知识积蓄很多了，就像地下的泉水，掘到深处，到处都是取之不尽、用之不竭的水源。

后来，“资之深，则取之左右逢其原”被简化引申为“左右逢源”这个成语，比喻做事得心应手，很顺利；有时也用比喻为人圆滑，四面讨好，善于投机的人和事。

生灵涂炭

这个成语故事出自《晋书·苻丕载记》。生灵：指百姓；涂炭：泥沼和炭火，比喻困苦。

前秦王苻坚统一了北方后，就盘算着统一全国。公元382年，苻坚在长安把各位大臣召集起来开会，商讨出兵攻打东晋的事儿。会上，除个别人迎合苻坚的心意，同意用兵外，多数大臣，连他的弟弟苻融、太子苻宏、爱妾张夫人，都认为对东晋用兵，不会有好结果。平素间，苻坚最信任的一位大臣名叫王猛（字景略）。当年，苻坚得到王猛辅助，曾比之为“若玄德之遇孔明”。王猛是我国历史上有名的政治家，他做了苻坚的丞相后，帮助苻坚统一了北方。这时，王猛已故去，他临终时曾对苻坚说：“臣没之后，愿不以晋为图。”意思是说：我死后，希望你不要图谋消灭东晋。于是苻融哭着向苻坚劝谏道：“王景略一时奇士，陛下每拟之孔明，其临终之言不可忘也。”

可是利令智昏的苻坚，不听众人的劝告，执意伐晋。

次年，苻坚亲率九十万大军，攻晋。结果淝水一战，被打得大败而归，苻坚差点当了俘虏，苻融战死。从此，前秦国势衰弱，一蹶不振。公元385年，苻坚又受到后燕、后秦的进攻，国都长安被围困，城里无粮，竟然发生了人吃人的惨剧。苻坚无法，被迫退到五将山，被后秦国君姚苌派兵团团围住。最后，苻坚和十几个随从都当了俘虏，囚禁在新平的一座佛寺里，被姚苌下令缢死。

苻坚死后，前秦幽州刺史王永在晋阳拥立苻坚的儿子苻丕，即了皇帝位，王永被封为左丞相。次年，王永联合前秦各地武装力量，发兵讨伐后秦和后燕。为此，王永在檄文中写道："先帝晏驾贼庭，京师鞠为戎穴，神州萧条，生灵涂炭。"意思是说：苻坚遇害于贼庭，长安为贼子所占领，国家凋败，老百姓就好像生活在泥沼和炭火之中，受尽痛苦。

但是，由于后秦的力量强大，王永指挥的前秦军还是失败了。到公元394年终于被后秦所灭。

后来，"生灵涂炭"被引申为成语，多用来形容在反动统治下，广大人民极端困苦的处境。

出奇制胜

这个成语出自《孙子·势篇》。奇：奇兵；制胜：取胜。

《势篇》是《孙子》中卷的首篇。孙武在《势篇》中说：

凡战者，以正合，以奇胜。故善出奇者，无穷如天地，不竭如江河。

奇、正，都是古代的军事用语，指奇兵、正兵的战术运用。它一般包含这样一些意思：在兵力部署上，担任守备的主力为正，集中机动的为奇；牵制为正，突击为奇。在作战指挥上，遵守常规为正，根据具体情况采取特殊方法为奇。在作战方法上，正面突击为正，迂回侧击为奇；明攻为正，暗袭为奇。在作战时机上，先发制人为正，后发制人为奇。在作战行动上，公开交战为正，隐蔽袭击为奇；示敌以真实情况为正，隐蔽袭击为奇。

孙武的这段话的意思是：用兵打仗，一般都是用正兵挡敌，以奇兵取胜。所以善于出奇兵的将领，他们运用的战法就像天地那样变化无穷，像江河那样奔流不竭。

《史记·田单列传》载有这样一个故事：燕国大将乐毅联合秦、赵、魏、韩等国共同伐齐，齐国连着吃了很多败仗，城市差不多快丢光了，最后只剩下莒和即墨两个城市了。不多久，即墨的大夫又阵亡，城里的百姓就推举一个叫田单的人，做守城的统帅。田单是齐国王族的远房亲族，齐湣王的时候，没有人赏识他的才能。

田单做了统帅后，用散布流言蜚语的办法，巧施离间计，让新即位的燕惠王换掉了大将乐毅，而以骑劫代之。并说齐国得到天神的帮助，在燕军中造成恐惧心理。这时，田单便一面派人去向骑劫请降，面又把自己的精锐部队埋伏起来，让一些老弱的人和妇女去守城。燕军对此就逐渐放松了对齐军的警戒。

这时候，田单再把收集到的一千多头牛，都披上五彩花纹的布衣，两只角上都绑上尖刀，尾巴上扎着浇油的芦苇。一切都准备好了，就在一天夜里，把牛赶出城去，点燃牛尾巴上的芦苇，迫使牛猛地往燕军阵地冲去。燕军被这突然冲来的怪兽吓得乱窜，有的被牛角上的尖刀戳死，有的被踩死；即使侥幸躲过了的也被跟在后面的齐军精兵杀了。燕军被打得大败，骑劫也被活捉处死。田单乘胜追击，很快就收复了齐国的失地。

《史记》的作者司马迁在写完《田单列传》后，感叹地说：

兵以正合，以奇胜。善之者出奇无穷。

现在，人们引用“出奇制胜”这个成语，多用在军事上，以正兵和奇兵相互配合，用计谋出奇兵，使敌人没法预料，以制胜敌人；也泛用来比喻用别人意想不到的办法来获取胜利，达到预定的目的。

宁为玉碎，不为瓦全

这个成语故事出自《北齐书·元景安传》。

南北朝的时候，公元550年，当时独揽着东魏朝政大权的丞相高洋，逼迫着魏孝静帝元善见把皇位让给他。这样，高洋便建立起了一个新的北齐王朝，做了北齐文宣帝。高洋为了巩固自己的统治，大灭元氏政权的势力，积极培植自己的势力。为了对元氏势力斩草除根，他用药酒毒死了元善见和他的三个儿子；他还下令把元氏宗室近亲四十四家逮捕下狱，前后共处死七百多人，连婴儿也遭杀害，并把尸体抛到漳河喂鱼。这样一来，原魏帝的一些远房宗族也很恐慌，便在一起商量对策。定襄令元景安等人更是惶恐不安，便提出想请求高洋允许他们脱离元氏，改姓高氏。元景安的堂兄陈留王元景皓坚决反对，他说："怎么能抛弃自己的本姓，改从别人的姓氏呢？'大丈夫宁可玉碎，不能瓦全'（意思是：大丈夫宁为被打碎的玉器，不做陶器得保全）！"

元景安为了讨好高洋，便把元景皓的话报告了他。高洋立即下令逮捕元景皓，并把他处死了。元景安由于告发有功，受赐改姓高氏，并且还升了官。

但是，这好景也并不长。元景皓被杀害后仅三个月，高洋也就一命呜呼。北齐王朝，总共也只存在了二十八年就覆灭了。而元景皓那"宁可玉碎，不能瓦全"的正义行为，却一直受到后世人们的称赞。

根据这个故事，后来人们便把元景皓的"大丈夫宁可玉碎，不能瓦全"简化引申为"宁为玉碎，不为瓦全"这个成语，用来比喻宁为正义事业献身，也不愿苟且偷生，保全性命。

尔虞我诈

语出《左传·宣公十五年》。

鲁宣公十四年九月，楚国伐宋，宋国急派乐婴齐到晋国请求救援，晋景公想要助宋国一臂之力，但晋大夫伯宗反对晋出兵救援宋国。

鲁宣公十五年夏五月，楚军仍然没有取胜，楚庄王准备率军离开宋国。

为了扭转被动局面，宋国派华元在一天夜里摸进了楚营，潜入了楚军统帅子反的帐中，几大步就登上了子反的床，叫子反起来，说："我们宋国国君派我来把我们的困难情况告诉你，我们的军民，都已经没有粮食吃了，他们只有交换死掉的孩子当饭吃，没有柴火做饭，就只有拆开死人的骨头当柴烧。尽管如此，他们仍然作好了一切战斗准备。我们的国君命令我前来和你们订立城下之盟，如果你们退兵三十里，宋国将惟命是听。"子反害怕，报告楚王，楚王同意退兵三十里，这样宋国就和楚订立盟约。盟誓说："我不骗你，你不骗我。"

成语“尔虞我诈”源自《左传·宣公十五年》。

目不识丁

语出《旧唐书·张弘靖传》。

唐朝时期，有个官吏名叫张弘靖，张弘靖的官职为幽州节度使，官做大了，就不免有些骄傲，开始贪图享乐，放纵自己，管理也就自然而然地放松了。他的属下见有机可乘，便开始兴风作浪，为非作歹。

有一天，他和手下喝醉了酒，来到校军场，看到士兵们正在操练，舞枪弄棒，拉弓射箭，便又开始无故大骂：“你们这些饭桶，只知道听人指挥，打仗卖命。现在天下太平，不用打仗，要你们还有什么屁用！能拉得两石（两石，即二百斤）的弓，还不如识一个‘丁’字，真是一群卖粗力的蠢才……”

士兵对这种人格的侮辱和讥笑十分气愤，背地里议论纷纷，但敢怒而不敢言。

恰巧这时张弘靖因贪污，私分军饷一事，被士兵知道了。士兵们怒火满腔，忍无可忍，一齐造反，把张弘靖抓住关了起来，并将他的住所团团围住。

由于这次行动，官兵上下齐心一致，同时当地的老百姓也积极地参与和支持，真是众怒难犯。朝廷没有办法，只有将张弘靖降职并调走了事。

“目不识丁”这个成语就是从张弘靖及手下人辱骂士兵的话中提炼出来的。

扑朔迷离

语出《木兰诗》。

“扑朔迷离”这句成语原出自我国古代诗歌《木兰诗》。

这首诗叙述了一个故事：从前，有一个既聪慧又孝顺的女子，名叫花木兰。她自小跟着父亲习武、打猎，因此，十八般武艺样样精通。而且她还射得一手好箭。

有一天，父母听不到木兰织布的声音，只听到木兰不断叹息。父亲问道：“木兰，什么事情让你烦心了？”

木兰说：“昨天晚上看到了皇上征兵的诏书，上面有父亲的名字，父亲的年纪这么大了，又没有儿子可以替代，所以，我想要代替父亲出征。”

双亲心虽不忍，但迫于无奈，只好答应。于是，木兰女扮男装，辞别了父母，随着大军出发到蒙古一带，开始了她的军旅生涯。

木兰在征战中表现得十分英勇，屡屡立下奇功。经过十年苦战，终于打败敌人，凯旋荣归。

回国之后，皇帝论功行赏，木兰功劳最大，受封为尚书。但是，木兰什么赏赐也不要，只求皇上赐一匹千里马，好立刻返乡，与父亲团聚。

木兰回到家里，重新穿着昔日的衣衫，重新回到昔日的妆扮，同行的伙伴看见了，简直不敢相信自己所见，频频惊讶地说：“同行十二年，竟不知木兰是女儿身！”

这首诗的最后几句是：“雄兔脚扑朔，雌兔眼迷离，两兔傍地走，安能辨我是雄雌！”

民不聊生

语出《战国策·秦策三》。

战国后期，各诸侯国争夺霸权的斗争愈演愈烈，战争连绵不断。百姓流离失所，痛苦不堪，处在水深火热之中。

公元前293年，秦昭王派大将白起，大破韩、魏两国军队于伊阙，斩杀二十四万人，血流成河，并掠夺了大量财物。以后秦军又频频进攻两国，夺取了几百座城池，成千上万的人丧失了性命。接着，秦兵又围住了魏国的都城大梁。直到齐国、赵国扬言要发兵救魏，秦军才改变战略，转而去攻打楚国。

秦军很快攻入了楚国，逼得楚顷襄王逃离都城避难。但楚地的百姓却遭到了一次空前浩劫。

楚国忙派使臣黄歇到秦国求和。黄歇到秦国后跟昭王说："您屡屡派白起将军攻打韩、魏两国，那里的百姓不知被您杀了多少。被杀的人无辜而死，活着的人同样家破人亡、颠沛流离、饥寒交迫、痛不欲生，他们跟您秦国的冤仇不共戴天。因此，韩魏才是威胁你们秦国的真正敌人，而不是我们楚国。所以，我们两国应该联合起来，共同去消灭韩、魏两国才是正确的战略啊！"

于是秦昭王就与楚国结成了联盟。

朽木粪土

朽木粪土

“朽木粪土”成语由孔子骂学生宰予白天睡觉的话概括来的，出自《论语·公冶长》。

一个大白天，宰予不看书，在睡觉。孔子看到，很生气，骂道：“腐朽了的木头是没法雕刻的，粪土似的墙壁是不能粉刷的，而对于宰予，怎么来责备他呢？”孔子还说道：“起初，我对人家，听其言而信其行；现在呢？我对人家，听其言而观其行。从宰予这件事后，我改变了看法。”

后人将这个故事里的“朽木粪土”和“听其言而观其行”都作成语用，前者比喻不堪造就，含贬义。后者表示对一个人必须要观察其言行是否一致。

安然无恙

这个成语故事出自《战国策·齐策四》。恙：灾祸、病痛等忧愁之事。

赵惠文王的妻子赵威后，是战国时期一个比较开明、贤达的妇女。她协助赵惠文王把国家治理得比较好，因而在诸侯王里很有威望。

有一次，齐襄王特意派使臣带着国书去问候赵威后。赵威后接过国书，连看也没看，就向齐国使臣问道：

岁亦无恙耶？民亦无恙耶？王亦无恙耶？

意思是说：贵国今年的年成好吗？老百姓没有什么大的病痛、灾难吧？齐王也好吗？

齐国使臣听了，很不满意，就说："王后啊，我是奉齐王的命令，专程来向您问候的，按照礼仪，您也该先向齐王问好，而现在您却先问年成的丰歉、百姓的生活，最后才提到我们齐王，这不就是抬高低贱而压低尊贵了吗？"

赵威后听后，就耐心地开导他说：

不然。苟无岁，何有民？苟无民，何有君？故有问。舍本而问末者耶！

意思是说：你说的不对。想想看，要是没有好年成，哪里会有百姓的好日子？如果没有百姓的好日子过，没有百姓，又哪还有君王？所以，我就这样问了。难道能要我丢掉根本而去问细小的事情，或者本末倒置吗？

根据这个故事，后来人们便把“岁亦无恙耶？民亦无恙耶？王亦无恙耶？”简化引申为“安然无恙”这个成语，用来形容一切都很正常、平安，没有受到什么损害。

安如泰山

这个成语故事出自西汉枚乘《上书谏吴王》。安：安稳；泰山：山名，在今山东省中部。

公元前 149 年，汉景帝刘启即位以后，晁错成了景帝的主要谋臣，担任了御史大夫。晁错坚持削藩政策，再加上刘启还在做皇太子的时候，吴国太子刘贤到京城进见皇帝，陪着刘启饮酒下棋，两人发生争执，刘启拿起棋盘便把刘贤打死了。吴王刘濞十分痛恨，从此称病不再到京城朝见皇帝。所以，晁错就上疏景帝说：“以前高帝（刘邦）刚刚统一天下的时候，弟兄少，几个儿子年龄小，便分封同姓子弟。因此他的庶子悼惠王刘肥统辖齐国七十余座城邑，庶弟元王刘交统辖楚国四十余座城邑，哥哥的儿子刘濞统辖吴国五十余座城邑。仅这三个非嫡系子弟的封地就占去了天下的一半。如今吴王刘濞因为以前太子被打死而产生的隔阂，假称有病不进京朝见天子，按照古代的法律本应处死，文帝不忍这样做，还赐给他几杖，示意他因为年老不必进京朝见。恩德如此深厚，吴王本应改过自新，可是他却更加骄横放肆，开山铸钱，煮海水制盐，引诱天下逃亡的人阴谋作乱。如今削减他的封地，他要反；不削，他也是要反的。削他的封地，他反得快，遭致的祸害小；不削，他反得迟，祸害就大了。”汉景帝三年，刘启接受了晁错的一些建议，先后削减了楚王刘戊、赵王刘遂、胶西王刘印的一些封地。因而，当朝廷削减吴国会稽和鄣郡的诏书发到吴正刘濞那里的时候，他便首先起兵反叛，楚王、胶西王、济南王等按盟约，相继举兵反叛。七国发难之时，吴王刘濞征发了吴国的全部士兵，他对国内下令说：“我今年六十二岁了，还将亲自率军作战；我的小儿子刘子驹，年仅十四岁，也身先士卒参加作战。全国凡是年长与我相同，年轻与我小儿子一样的，都要出征去打仗。”

这样，吴国一共动员了二十多万人，参加作战。

这时，已在梁王刘武那里担任文学侍从的枚乘，又写了《上书谏吴王》，希望刘濞罢兵。在这篇谏书中，枚乘写有这样一段话：

能听忠臣之言，百举必脱。必若所欲为，危于累卵，难于上天；变所欲为，易于反掌，安于泰山。

这段话的意思是：要是您能取忠言，那么一切祸害都是可以避免的。如果您一定要按照预先想的那样去做，那就会像垒鸡蛋一样的危险，要获得成功比登天还难；假如能立即改变原来的主意，那还是容易得像翻转一下手掌，而且也像泰山那样安稳。

吴王刘濞仍然没有听枚乘的劝告，终于败死。

后来，“安于泰山”被引申为成语，用来比喻所做的事情有成功的把握；也用来比喻做事稳妥可靠。有时还用来形容极其稳固，不可动摇。现多为“安如泰山”。

闭门思过

“闭门思过”成语出自《汉书·韩延寿传》，原为闭阁思过。

面壁思过

西汉昭帝时，燕人韩延寿曾为东郡（今山东郓城）太守。他善于听取部下的劝告，采纳好的主意。他在东郡三年，号令严明，办案坚决迅速，坏人坏事大大减少，使东郡成为当时全国治理最好的郡县。

后来，韩延寿又当了左冯翊（今陕西大荔县）的太守。头几年，他从不巡视各县。有一次部下劝他走一走，看看民俗，视察一下县官的政绩。韩延寿说：各县都有贤明的长官，督邮也能明辨善恶，巡视恐怕用处不大反而增添麻烦。部下又说：现在正值春忙，下去也好看看耕种之事。韩延寿只好出行。走到高陵县（今陕西高陵），有兄弟俩因争田之事找他告状。这件事使他极感难过，说道："我作为太守，是一郡之长，不能宣德通明，教化百姓，以致今日民众有骨肉争讼，既伤风化，又使贤人孝子为耻，责任在我身上，还是自己退职让贤吧。"第二天，他就称病，闭阁思过，不理政事。地方官员见此，也都深感自己的失职。

韩延寿的举动也感化了争田地的那兄弟俩，他们由互争变为互让，并赤身前来向韩延寿表示认罪。韩延寿非常高兴，开门接见，并以酒肉款待，勉励他们知过悔过。这样，韩延寿又重理政事。

这件事使得当地百姓和官员对韩延寿更为敬重。韩延寿巡行二十四县，再未见到争讼之事发生。

“闭门思过”，关起门来自我反省。比喻人有自知之明，能够自我批评，检查自己的过失。

讳莫如深

这个成语出自《春秋·谷梁传·庄公三十二年》。

春秋时期，鲁国的国君鲁庄公偏爱他的妃子孟任，因此一心想让孟任生的儿子般继承君位。可是，由于鲁庄公有好几个妻子生的儿子，还有三个兄弟，所以继承人的问题一直难以决定。直到庄公病重不起时，才不得不决定。他先问老三——他的弟弟叔牙：谁继位最合适？叔牙说：老大庆父（庄公排行老二）可以胜任。庄公听了很不高兴。又问老四季友。季友说：愿意不惜牺牲自己的生命来扶持般继位。

庄公死后，季友设计毒死了叔牙，立般为国君。庆父不服，派人把般杀了，另立开为国君，即为鲁闵公。季友被迫逃到陈国。

一年多以后，庆父认为时机已到，又杀了鲁闵公，准备自己当国君。人们见庆父连杀二君，认为他太残暴了，纷纷起来反对。逃到陈国的季友乘机号召鲁国人民杀死庆父。庆父吓得逃往齐国。季友便立申为君，这就是鲁僖公。最后，庆父在走投无路的情况下，只得自杀，鲁国的内乱才算平息。

孔子在《春秋》中记载这段历史时写道：

子般卒，公子庆父如齐。

在这里，“卒”“去世”之意，“如”作“往”字讲。明明是庆父“杀”死了子般，“逃”奔齐国的，但孔子却轻描淡写地说：子般“去世”了，庆父“往”齐国去了，这说明了孔子的态度问题。所以《春秋·谷梁传》在评论这个问题时说道：

此“奔”也，其曰“如”，何也？讳莫如深。

意思是：明明是“逃奔”，却说成“往”，为什么呢？因为孔子要把事实的真相深深地隐瞒起来了。

后来，“讳莫如深”就成为一句成语，说明忌讳极深，把事实真相隐瞒得严严实实的，惟恐别人知道。

衣绣夜行

“衣绣夜行”和“沐猴而冠”都出自《史记·项羽本纪》。“衣绣夜行”，原意是穿着锦绣的衣服夜里行走；“沐猴而冠”，原意是猕猴戴帽子。

秦朝末年，继陈胜、吴广农民起义之后，项羽、刘邦等也先后起兵反秦。这里边项羽所领导的楚军力量最强大。楚军英勇善战，是消灭秦军的主要力量。刘邦趁着楚军与秦军主力相对峙的机会，带兵攻入秦都咸阳，秦王子婴被迫投降。

项羽得知刘邦先入咸阳的消息后，非常气愤，亲自领兵赶到咸阳，把已经投降的子婴杀了，并放火烧了秦朝的王宫，火势熊熊，三月不灭。楚军搜集了秦宫的财宝、妇女后，准备返回关东（潼关以东）去。这时，有一个人向项羽建议说：“关中这一带地势险要，可以在这儿建都，进而夺取全国。”项羽见秦宫已经烧毁，心里惦记着回东方去，便对建议的人说：

富贵不归故乡，如衣绣夜行，谁知之者！

建议者听到这个回答，觉得项羽眼光太短浅，失望地叹口气，说：人言楚人沐猴而冠耳，果然。

项羽听了，怒不可遏，立即使人将那个建议者抓起扔进油锅，炸死。

后来，人们便把“衣绣夜行”和“沐猴而冠”作成语用，前者比喻不显夸荣耀；后者讽喻某人徒有其表，或形容某人性情急躁，不能耐久。

先入为主

“先入为主”，语出《汉书·息夫躬传》。

汉哀帝年间，河内河阳（今河南孟州市西）有个人叫息夫躬，靠告发他人而做了光禄大夫。息夫躬当官之后，诬告群臣，奉承皇上。而其同伙董贤更受皇帝宠幸。于是孔乡侯傅晏与息夫躬密谋，想夺董贤的职位。当时正好是匈奴单于来朝拜的时间。但单于派人说有病不能来，想到明年再来朝拜。息夫躬借此上表，说匈奴年年来朝，今年却说有病，恐怕有反心。他劝哀帝赶紧商议对策，于是哀帝召集群臣议论。左将军公孙禄说：“匈奴自先帝时起就臣服保塞，今单于得病不能来朝而派遣使者来说明，这仍不失臣子之礼。息夫躬所说之事不确实。”息夫躬听后反驳说：“我是为国深谋远虑，并无他意，而左将军与我所说是不能同日而语的。”哀帝听后称是，便不与群臣再议，只和息夫躬交谈。息夫躬说：我观天象，怕有兵乱。可派大将军行边兵整武备，斩一个郡守，以威震四夷，使他们不敢参与兵乱。哀帝问丞相，丞相说：“那些辩士（指息夫躬）只是片面地看问题，或者有意诈称天象，虚造匈奴等谋反，而要动干戈。这不合天道。当年秦穆公不听百里奚、蹇叔之言，致使大败，悔过自责，痛恨那些胡言乱语的人，回想忠言良语，因而名垂后世。希望陛下接受古代的经验教训，反复思考，不要以先入之语为主。”后来汉哀帝终于知道息夫躬的阴谋，撤了他的职，贬为平民，赶出朝中。

后来人们将“先入之语为主”简化为“先入为主”成语，说明人以先听到的话或已有的印象为主，不再考虑或接受他人的意见和建议。

先见之明

“先见之明”成语出自《后汉书·杨彪传》。

杨彪出身于世家，他的父亲杨赐，在汉灵帝时曾做过光禄大夫。杨彪自己也任过灵帝的侍中、太尉等职。杨彪家传好学，他的儿子杨修曾为曹操的谋士。杨修聪慧过人，引起了曹操的疑嫉。在一次征讨途中，曹操便以破坏军令、动摇军心为借口，杀了杨修。

杨彪得知儿子被杀的消息后，心中十分悲痛，日益消瘦。一次，曹操见到杨彪，问道：“杨公为何瘦得这么厉害呀？”杨彪答道：“真惭愧我没有金日磾（西汉武帝时的大臣）的‘先见之明’，心里还怀着像老牛抚爱小牛那样的感情啊！”曹操听后，知杨彪还记着他杀杨修的事，心里很不高兴。

“先见之明”即源于此，后人多用它来比喻对事物有预见性，事先能料及事后的结果。

自怨自艾

“自怨自艾”出自《孟子·万章上》。原意是自己怨恨自己，自己改正过错。

中国上古时代传说中的尧、舜、禹，一直被后人认为是“明主”、“圣君”，他们主动传贤让位的开明行为，一直被传为美谈。但他们的具体情况又是后人所不得详知的，故它引起了后代不少人探讨它的浓厚兴趣。战国

时代的孟子的学生万章，就曾以怀疑的态度问孟子道："尧以天下与舜，有诸?"当老师回答之后，万章又问道："人有言：'至于禹而德衰，不传于贤，而传于子。'有诸?"孟子答道："不！不是这样的。天要传授给圣贤的人，就传授给圣贤的人；天要传授给君主的儿子，就传授给君主的儿子。过去，舜把禹推荐给天，过了十七年，舜死了，服丧三年之后，禹为了让舜的儿子继位，自己躲避到阳城去。但是，天下之民都愿跟从禹。禹把益推荐给天，七年之后，禹死了，服完三年丧，益为着让禹的儿子继位，自己也躲避到箕山之北。当时朝见天子以及打官司的人，都不去益那里，而是去找禹的儿子启，并说道：'这是我们君主的儿子。'孟子还说道："启是个贤明人，他能继承其父禹的好传统。益虽协助过禹，但时间不长，对人民施恩泽的时间也短。舜、禹、益之间相距时间长和短，及其儿子的好和坏都是天意，非人力所能做到。没有人叫他们这样做，而他们这样做了，这就是天意；没有人叫他们来，而他们却来了，这就是命运。匹夫而得天下者，其德性一定要像舜、禹一样，而且要有天子的推荐。所以，像孔子这样的圣人，没有天子推荐，是得不到天下的。而那世世代代相传而得天下者，天子若要废弃，必定是像夏桀、商纣之流，所以虽是圣人的益、伊尹、周公，因不处桀、纣之时，也是得不到天下的。伊尹协助商汤统一天下，商汤死了，其孙子太甲继承王位后破坏商汤的典章制度，伊尹便将他放逐到桐地。经过三年，太甲悔过，自怨自艾，在桐取仁求义。又过三年，确确实实认错了并吸取了伊尹对自己的教训，重新回到国都继续做天子。”最后孟子说道：“周公的不能得到天下，犹如益之于夏，伊尹之于殷。孔子说：‘唐尧、虞舜自动传位于贤，夏、商、周三朝代代相传于子，其道理是一样的。’”

后人将“自怨自艾”作成语用，比喻自我悔恨，不再含有自己改正过错之意。

后起之秀

“后起之秀”原作“后来之秀”，出自《世说新语·赏誉》。

晋孝武帝时，有个叫范宁（字武子）的人，担任豫章太守。他有个外甥名叫王忱（字元达），很有才能，被晋孝武帝任命为荆州刺史，官职比范宁还要高。

有一次，舅甥二人遇到一起。范宁夸奖王忱说：“外甥你是一个非常杰出、非常有才智的人，真可以称得上晚辈中的优秀人物。”王忱谦虚地回答：“如果没有您这个舅舅从小对我的教诲，怎么会有我的今天？”

后来，人们便以“后起之秀”作成语用，形容后辈中特别优秀的人物。

优孟衣冠

这个成语出自《史记·滑稽列传》。

春秋时期，楚国有一个名叫孙叔敖的人，传说他小时候，一次出游途中，看到一条蛇，好像有两个脑袋。他曾听迷信的人说过，谁看到两头蛇就会马上死去。他想：“这大概就是所谓的两头蛇了。如果那些人的说法是真的，那么我应当杀死它，免得让更多的人因为遇到它而丧失生命。”于是立即把这条蛇打死，并深深地埋人地下。回家以后，他把经过情况告诉母亲。母亲见他年纪虽小，却能为别人着想，非常高兴，对他大加赞扬。

孙叔敖并没有因为遇见所谓两头蛇而丧命。由于家庭的良好教育和他本人的努力，他长大以后不但品质高尚，而且很有才学。后来他当了楚国的相国，帮助楚庄王治国理事，颇有政绩，很得楚庄王的信任和推重。可是，孙叔敖逝世以后，楚庄王很快就忘了他的功绩，连他的遗属的生活也不给任何照顾。孙叔敖的儿子实在无法，只得靠打柴维持生计。

当时有个著名的宫廷演员，名叫孟，人们称他“优孟”。此人虽然社会地位低下，被人瞧不起，但却是一个热心肠的人，颇能主持正义。孙叔敖知道优孟是个可以依靠的人，临死时曾对自己的儿子说：“我死之后，如果你生活不下去了，就去找优孟，请他为你想办法。”后来，孙叔敖的儿子越来越穷困，实在无法生活下去，只好去找优孟。优孟对他深表同情，答应为他想办法。

此后，优孟便暗地里刻意摹仿孙叔敖的谈话神态和一切动作。经过一年多的练习，优孟的神态和动作已完全像孙叔敖。于是，他便仿制孙叔敖生前的衣帽服饰，穿戴起来，化装成孙叔敖的样子，如果人不细看，很难辨别真伪。在一次酒会上，优孟利用机会，上前向楚庄王敬酒。楚庄王抬头一看，大吃一惊，以为是孙叔敖复活了，便要求他再出任相国。优孟装着拿不定主意的样子，说：“请允许我回家和妻子商量商量，三天以后给您回音。”

过了三天，优孟去见楚庄王。楚庄王问道：“你与妻子商量得怎么样？她同意吗？”优孟回答说：“她不同意。她说，楚国的相国无论如何不能做。像孙叔敖那样的人，虽然他尽心竭力为楚国效劳，使楚庄王得以成为霸主，可是他死后，他的儿子却要靠打柴糊口。……”楚庄王听了优孟的话，再仔细一打量，发现他原来不是孙叔敖。接着，优孟又将孙叔敖生前的清廉和死后家庭的萧条情景详细地诉说给楚庄王听，使楚庄王大为感动，立即对孙叔敖的儿子予以封赠。

后来，人们根据这个故事引出“优孟衣冠”成语，用来形容某人乔装假扮；或比喻一味摹仿他人而缺乏创造性的文艺作品。

众怒难犯

“众怒难犯”为春秋时郑国大政治家子产的话，意思是众人的忿怒不可触犯。语出《左传·襄公十年》。

公元前563年冬天，郑国内部发生叛乱，执政者子驷被叛乱者杀死。司徒（官名）子孔执政。他制定盟书，规定官员各守职位，遵守法令。有人不服从，子孔准备诛杀。子产劝阻，并请求将盟书烧掉。子孔不同意，说：“制定盟书是用来安定国家的，众人发怒就烧掉它，这是众人执政，这样国家不就难治理了吗？”子产说：“众怒难犯，专权愿望难成功，将此两件难办的事合在一起来安定国家，这是危险的办法。不如烧掉盟书来安定大伙，你能得到您所需要的东西，大伙也可以得到安定，不也是可以的吗？专权愿望不能实现，触犯众人会发生祸乱，您一定要听从大伙的。”于是在仓门外烧掉盟书，大伙也就安定下来了。

合浦珠还

“合浦珠还”成语出自《后汉书·孟尝传》，后亦作“珠还合浦”。

广西合浦县产珍珠。东汉时，广东西南和广西南部一带曾设置过“合浦郡”。因为合浦郡靠海，那里不出产粮食，当地的人们靠珍珠谋生，把珍珠卖给商人，换回粮食，日子过得挺好。但是由于官吏贪财，营私舞弊，叫人滥采珍珠，无休无止。这样，珍珠贝越来越少，最

合浦珠还

后没有珍珠了，商人也不来了。结果粮食缺乏，食物不足，很多人饿死路旁。

后来孟尝做了合浦太守，他了解到这种情况，便革除了以往的弊病，采取了保护珍珠贝的措施，大力鼓励和保护珍珠生产。不到一年，去珠复还。

后人根据这个故事，引出“合浦珠还”成语，以比喻失物复得。

刎颈之交

“刎颈之交”出自《史记·廉颇蔺相如列传》。

战国时期，赵惠文王有两位出名的大臣，一个是相国蔺相如，一个是大将廉颇。有了这对相将，连强大的秦国也不敢小看赵国。

蔺相如本来是赵惠文王内侍长缪贤的家臣。有一次，秦国恃强仗势想骗取赵国的国宝——“和氏璧”。赵王和大臣们谁也想不出办法来应付。后来，经缪贤推荐，蔺相如奉命出使秦国，最后不辱使命，完璧归赵，出色地完成了任务。蔺相如因而深受赵王的赏识。不久，秦王、赵王在渑（音 miǎn 免）池相会，秦王企图当众羞辱赵王，不料反而被蔺相如奚落了一顿。由于蔺相如连立大功，赵王拜他为相，位居上卿，地位比廉颇还高。

廉颇对蔺相如的连连提升很不服气，对人说：“我能当上大将，是出生入死、在战场上拼命拼出来的。而蔺相如没有一点儿战功，只凭一张嘴巴，职位反而比我高。我要是遇到他，非给他一个难堪不可。”

这话传到蔺相如的耳朵里，蔺相如便有意避开廉颇。别人以为蔺相如怕廉颇，廉颇也非常得意。可是，蔺相如却说：“秦王那样厉害，我都丝毫不怕，怎么会怕廉颇将军呢？我之所以避让他，完全是以国事为重，而把个人的恩怨和面子放在一边。现在，由于赵国有我和廉将军，因此秦王才不敢对赵国轻举妄动。如果我们两人闹不团结，不就给秦国有可乘之机了吗？”

蔺相如的这番话，使廉颇非常感动，非常惭愧。他当即袒露上身，背负荆条，到蔺相如家中请求原谅。最后两人和好，为“刎颈之交”。

后来，人们把“刎颈之交”作为成语，形容结成同生死共患难的朋友。

“刎颈”，指割脖子；“交”，指交情、友谊。

异军突起

“异军突起”成语出自《史记·项羽本纪》。

秦朝末年，陈胜、吴广在蕲县大泽乡（今安徽宿县东南刘村集）发动反秦起义，全国各地纷纷响应。公元前208年1月，陈胜的部将召平奉命攻打广陵（今江苏省扬州市）。广陵尚未攻克，便听说陈胜兵败而逃，秦军正向南打来。召平只得渡过长江，来到项梁、项羽率领的起义军驻地——吴中（今江苏省苏州市），假托陈胜的命令，任命项梁为楚王上柱国，要他领兵西上，抗击秦军。

当时，项梁、项羽起义军的人数很少，要想单独抵御秦军的进攻是非常困难的。当他们率领八千人马渡江西进时，听说陈婴在东阳县（今安徽省炳辉县西）起义成功，便派人约陈婴采取联合行动。陈婴原是秦政权的东阳县令史，在当地小有威望。东阳县的年轻人杀了县令，聚集了数千人，由于没有合适的人领头，便请陈婴出来主持。起义队伍很快发展到两万多人。这些年轻人打算拥戴陈婴为王，并且独树一帜，用青色的头巾裹头，以显示他们是一支新起的与众不同的军队。但陈婴胆小怕事，不敢称王。当项梁派人来联络时，陈即将自己的队伍交由项梁指挥。这样，项梁的队伍便得到进一步发展壮大。当他们渡过淮河到达下邳（今属江苏省睢宁县）时，队伍已扩大到六七万人，成为一支力量相当雄厚的起义军。在后来推翻秦王朝的斗争中，他们发挥了重要的作用。

后来，人们从“异军苍头特起”引出“异军突起”这个成语，比喻一支新的力量突然兴起。

好好先生

这个成语故事出自明代冯梦龙《古今谈概》。

东汉末年，颍川阳翟（今河南禹县）有个叫司马徽的人，善于识才、知人，被称之为“水镜先生”。他长期居住荆州，与诸葛亮、庞德公、徐庶为友。由于当时社会动乱不定，刘表气狭不能容人。平素间，这位老先生表面上糊糊涂涂的，无论别人对他讲什么事，他总不管好歹，也不问是与非，一律都回答说“好”。久而久之，人们便送了他一个“好好先生”的绰号。

有一次：有人问徽安否，答曰：“好。”有人自陈子死，答曰：“大好。”妻责之曰：“人以君有德，故此相告，何闻人子死，反亦言好?”徽曰：“如卿之言亦大好。”

这段话的意思是：有一天，有位朋友来向他问候，问他身体还好吗？他回答说：“好。”又有位朋友伤心地告诉司马徽说，他的儿子死了。司马徽听后，还是不紧不慢地说：“好啊，大好。”等朋友们走后，司马徽的妻子责怪他说：“朋友们相信你，认为你是个有德行的人，才肯把心里的话告诉你。可是你听到人家的儿子死了，怎么能说好呢?”司马徽仍不以为然地说：‘好，你讲的话也是大好!”

像司马徽这样，从来不谈论别人的缺点，无论好坏是非都是一个“好”字，连别人向他说起自己死了儿子的痛苦，也答曰“大好”。如此只知道“好，好，好”，似不可信。其实，在刘义庆的《世说新语》中，对于司马徽也有类似的记载：他闭口不谈论时人时事，如有人问及，则每每回答“佳”。他的妻子责备他，别人有疑问才来问，你都一一说佳，这难道是别人来问你的目的吗？司马徽却说：“如君所言，亦复佳。”这里的“佳”字就是前文的“好”字。

后来，人们便以“好好先生”来形容那种是非不分，随声附和不得罪任何人的人。

同流合污

这个成语故事出自《孟子·尽心下》。流：风俗，流俗；污：肮脏，污浊的世道。

万章与公孙丑，都是孟子的高材生。有一次，孟子在同万章谈到孔子曾经批评过好好先生，万章便问孟子：“怎样的一种人，就可以叫他做好好先生呢？”

孟子回答道：“八面玲珑，四方讨好的人，就是好好先生。”

万章又问：“这样的人，往往全乡的人都说他一是老好人，他也到处表现出是一个老好人。孔子却把这样的人看成是伤害道德的人，这是为什么呢？”

孟子说：

非之无举也，刺之无刺也，同乎流俗，合乎污世，居之似忠信，行之似廉洁，众皆悦之，自以为是，而不可与人尧舜之道，故曰，“德之贼”也。

意思是：这种人，你要指责他吧，却又举不出什么大错误来；要责骂他吧，又好像没有什么好责骂的。他只是在言行上同不好的风俗、世道相合了。这种人为人好像忠诚老实，行为也好似方正廉洁，大家都喜欢他，他自己也认为自己是对的。但是他们的言行，完全违背了圣人之道，所以说他们实际上是伤害道德的人。

“所以，”孟子接着又说：“孔子说过，他厌恶那种外貌相似内容全非的东西。他厌恶狗尾巴草，因为怕它把禾苗搞乱了；厌恶不正当的才智，因为怕它把义搞乱了；厌恶夸夸其谈，因为怕它把信誉搞乱了……厌恶好好先生，就是因为怕他把道德搞乱了。”

后来，“同乎流俗，合乎污世”被简化引申为“同流合污”这个成语，比喻跟着坏人一起做坏事。

危急存亡

这个成语故事出自三国·蜀·诸葛亮《前出师表》。

刘备死后，诸葛亮受命辅佐后主刘禅执政，曾多次出兵伐魏。后主刘禅建兴五年（公元 227 年），诸葛亮率军离开成都进驻汉中，准备北伐曹魏。临行前，他上表刘禅，从用人处事到励精图治、赏善罚恶、赏罚严明等都向刘禅进行了恳切的规劝。在这个表（即《前出师表》）中，诸葛亮还表达了兴复汉室、报效先帝刘备的忠心，分析了蜀汉当时险恶而严峻的形势，表中这样写道：

臣亮言：先帝创业未半，而中道崩殂，今天下三分，益州疲敝，此诚危急存亡之秋也。然侍卫之臣不懈于内，忠志之士忘身于外者，盖追先帝之殊遇，欲报之于陛下也。

先帝：指刘备，“先”表示已死的尊长；崩殂：古时帝王死亡称崩，殂也是死亡之意；益州：相当于今四川的大部分及云南和贵州的一部分地区，这里指蜀汉；秋：时期。

这段话的意思是：臣诸葛亮上言：先帝创建的事业还没有完成一半，却中途去世了。如今天下已分成了魏、蜀、吴三国。益州地区人力疲惫、物力缺乏，这实在是到了生死存亡的危急时候了！然而侍奉保卫皇帝的臣子在宫延里从不懈怠，忠心耿耿的将士在外舍身忘死，这都是追念先帝对他们特殊的恩遇，想把这种恩情报答在您的身上的缘故。

后来，“危急存亡”被引申为成语用来形容关系到生死存亡的紧要关头。

安步当车

语出《战国策·齐策四》。

战国时，齐国有个文士名叫颜斶，虽性情刚烈，但很有才华，摒弃仕途，隐居在家，生活无拘无束，自由自在。

有一天，齐宣王召进颜斶，用客气的语气说：“颜先生如果不嫌弃，欢迎你到我这里来。咱俩一同生活，一同游乐，每餐都吃大鱼大肉，出门有车坐，连你的妻子

有条不紊

和女儿都会穿上华丽的衣服，保你此生荣华富贵，享受不尽。”

颜斶听了齐宣王的话，非常冷淡地说：“感谢大王的好意。我不求什么荣华富贵。我们全家人的生活原则就是：吃不起肉，可以把吃饭的时间推迟，直到饿极了再吃，哪怕是萝卜白菜，吃起来也有滋有味；没有车子坐，步行时只要走得慢些、安稳些，就好比坐车那么舒坦了。只要不做坏事、不犯罪，廉洁正直，洁身自好，就比升官发财要踏实得多，就会自由自在，无忧无虑了。”

成语“安步当车”就来源颜斶对齐宣王说的话。

闭门造车

语出宋·释道原《景德传灯录》。

古人有句话说："闭门造车，出门合辙。"它的意思是说：把门关起来，依照图样造一辆车。先把零件逐样造好之后，只要每件都是合乎规矩的，那么拿到外面去，把它一件件连接起来，就可以运用了，是不会出错的。

在我们引用这句成语时，必须注意它有正、反两面的意义：在正的方面，就是说天下之事虽复杂万端，但大致上是相同的，只要样子没变，依照规矩来行事，自然就不会发生错误，到处都可以行得通。所以，尽管是关起门来造车，拿到外面去运用，还是会适合车辙的。

就反面而言，是说天下的事理没有穷尽，而且各地的情形不同，习惯也各异其趣，所以，如果自己一个人关起门来做，尽管做得再好，再完美，拿出去也不一定适合人们的需要。

由造车这件事来说是如此，其实用于其他方面也是如此；因为想像与现实是有差矩的，不能只照自己的想法去做。

现在，我们大都使用这句话的反面意义，来讥笑别人的见识太短浅，不知道要去了解外面的实际情况，只知道主观地关起门来，照着自己的意思一意孤行。

所以，一个人不论做任何事情，一定要先观察四周环境有什么变化，有什么需要，再来下手，才不致徒劳无功。

这句成语如果用在正面，必须与“出门合辙”一起用才对。

当头棒喝

语出佛教禅宗语。

黄檗禅师是唐代一位有名的高僧，据说他童年时就在福州的黄檗山上当和尚。

他有很多弟子，其中有一位叫临济，他想知道佛法到底是怎么一回事，有一天便鼓起勇气，去向禅师请教。

谁知道黄檗禅师并不回答，只是拿起一根棒，朝临济的头上打下去。

临济被禅师这么一打，头痛得不得了。可是，他还是忍痛再问，黄檗禅师又是一棒下去。就这样三问三打，临济不敢再问下去了，只好回去自己研究。

后来，他终于明白了佛法的奥妙，而且也参透黄檗禅师的禅学宗旨，以及棒打教人的用意。

从此以后，临济便独自一人研究佛理。在和黄檗禅师讲论佛法的时候，也可以机智敏捷地应对了。

到了这个时候，他对佛法奥妙的研究，可说和黄檗禅师不相上下。当时喜好研究佛法的人，多来向他们请教。但黄檗禅师对来问佛法的人，一样拿起棒朝来人迎头打下去，临济还在旁边吆喝助威。黄檗禅师打一下，他便大喝一声。用这种奇怪的方法，来点醒世人的迷误，收到警醒的效果。

防微杜渐

语出宋·苏轼《论周檀擅议配享自劾札子》。

后汉和帝时，窦太后临朝听政。太后的兄长窦宪仗着皇亲国戚的尊贵身分，独揽朝中大权，许多官吏为了本身利益，纷纷巴结逢迎，国家政治变得十分混乱。

当时有位担任司徒的官吏名叫丁鸿，眼见窦宪专横无理，政局动荡不安，便借着日蚀出现的机会写了一封密函，上奏和帝。

信中写道："太阳是代表君王的象征，月光则是比喻臣子的形象。当日蚀出现时，是表示居下的臣子在侵夺君王的权力……在《春秋》的历史记载中，日蚀出现了三十六次，其中君王被臣子谋害的便有三十二人，这些都是因为做臣子的权力太大所致。"

在信的后半，丁鸿大义凛然地数落窦宪的罪状，将他平日飞扬跋扈的情形，详详细细地告知和帝。

丁鸿采用鲜活的比喻，使和帝了解防范弊病须从小处着手，才不致酿成大祸。

他语意真切地在信中写道："……要知道，涓涓的流水聚积，可以穿透岩石；而遮蔽日光的大树，何尝不是由葱绿的幼苗所长成。"

后人由这个故事引申出"防微杜渐"这句成语，用来比喻防止弊端要从小处着手的情况。

老当益壮

语出《后汉书·马援传》。

西汉末年，有位见识过人的壮士，名叫马援，不但知书达礼且精通武艺。他年轻时，因为有本事，养了几千头牲畜，把赚来的钱全部分赠亲友，虽然穿着破羊皮裤，但他却常自勉道："大丈夫为志，穷当益坚，老当益壮！"

王莽末年，马援在隗嚣手下做事，那时候，天水的隗嚣、四川的公孙述和东汉光武帝鼎足而立，公孙述在成都称帝，隗嚣便派他到那边去看看情况。

马援以为自己与公孙述是同乡，一定会被好好招待，不料公孙述竟盛气凌人，摆出全副仪仗，由礼官赞礼，才接见他。马援看公孙述这副模样，说不了两句就走了。

后来，马援又被派往洛阳见东汉光武帝。光武帝不但马上接见，还虚心地问马援他有哪些待改进的地方，并征询马援对治国的意见。

马援见光武帝能礼贤下士、坦诚相待，留了下来。

马援靠着过人的才智，及精湛的武艺，为国家立下许多汗马功劳。南方交趾有女王聚兵造反，马援带领水陆各军声势浩荡地进攻交趾，交趾军不敌，被打得落花流水，不久此地便被平定了。马援得胜回朝，文武百官，郊迎三十里。

后来，洞庭湖一带又发生叛乱，光武帝派兵征伐。由于到处弥漫山泽瘴气，前去讨伐的军队全军覆没。马援得知这个消息后，就自告奋勇地请调出征。

光武帝看他年纪太大而犹豫不决，马援便披戴甲胄，威风凛凛地一跃上马，以表示自己能够担任。光武帝这才服气地说道："真是老当益壮啊!"

后人因此用"老当益壮"来形容年纪虽老，志气更为雄壮。

老生常谈

语出《三国志·魏书·管辂传》。

三国时代，魏国有个人名叫管辂，他从小就对天文星相极有兴趣，八九岁时，曾在泥土上画出日月星辰的图案，向一起游玩的小朋友解说天文的知识，大家都听得津津有味。

管辂长大后，对周易研究透彻，常常替人占卜，每次总是非常准确。

有一次，吏部尚书何晏将管辂请到府内晤谈，另一位尚书邓扬也在场作陪。

何晏开口便问："请你帮我占上一卦，看看我有没有做三公的命？还有，我最近常梦见成群的青蝇，朝鼻上扑来，不知这是什么预兆？"

管辂条理清晰地答道："当年周公忠心尽职地辅佐成王，才使周朝国运鼎盛，这些都是遵循天理而非占卜可以说明的。如今你权高位重，便感怀你德行的人少，反而惧怕你威势的人多，这并不是好现象呀！而鼻的位置在中内，青蝇贴面则主凶，我希望你依循先贤圣人的做法，则三公可望，青蝇可驱了。"

此时，坐在一旁的邓扬讽刺道："这些议论我都听腻了，有什么新奇呢？"

后人便把邓扬说的这句话引申为"老生常谈"这句成语，用来形容没有新鲜的意见和人们耳熟能详的普通论调。

老马识途

语出《韩非子·说林上》。

春秋时期，齐国的力量很强大。有一次，北方的山戎侵犯燕国（今北京附近），燕国请求齐国援助。齐国的国君齐桓公亲自率领大军前去支援。最后，终于取得胜利，平定了边境的祸患，准备返回齐国。

战争从春天开始，打了将近一年，凯旋时加之人烟稀少，地处荒凉，已是冬天。山川草木都变了样，因为齐军不熟悉孤竹国的地形道路，一天夜间迷了路，误入一个地势险峻的山谷。齐桓公急得团团转，派出几支人马，分头寻找出路，可是因为山高谷深，到处是悬崖峭壁，派出去的人有的失踪再也没有回来，有的回来后也说不清楚应该走哪条路才对，转来转去就是摸不出去，时间久了，军队的粮食也发生了困难。

在这种处境非常危急的情况下，大臣管仲十分沉着冷静。他想：狗离开家自己能找路回去，马肯定也有这种本领，特别是老马。于是他就对齐桓公说：“老马有认路的本领，可以挑几匹老马在前边领路，一定能够走出山谷。”

齐桓公一听，非常高兴，忙说：“这倒是个好办法，快试一试看！”管仲挑了几匹老马，解开缰绳，让它们在前面走，队伍在老马后面跟着，最后果然走出了山谷，找到了回齐国的大路。

有恃无恐

语出《左传·僖公二十六年》。

公元前603年的夏天，齐孝公亲自率领军队去攻打鲁国的北部边境。齐孝公还没有进入鲁国境，展喜就迎了上去，齐孝公得意地说：“听说我们来了，你们鲁国人害怕了吗？”展喜说：“只有那些小人才害怕，君子没有一个害怕的。”

齐孝公惊讶地说：“你们百姓的房屋中像倒挂的磬一样空无一物，四野里连青草都没有，你们倚仗什么而不害怕呢？”展喜不慌不忙地回答道：“我们靠的是先王的命令。从前，鲁国的周公、齐国的太公共同辅佐周成王。

成王慰劳和表彰他们，并让他们订立盟约，说‘世世代代的子孙都不要互相侵犯’。这个盟约至今还保存在盟府里，由太史掌管着。你们的先王齐桓公遵守这个盟约，并联合诸侯，商讨解决各国间的争端，弥补相互间的缺失，救援他们的灾难，所以受到大家的称赞。等到您即位后，诸侯国都盼望说：‘他应该会继承桓公的事业！’所以，我们鲁国既没有修城墙，也没有用兵把守。大家都说：‘难道孝公即位九年，就会抛弃先君的遗命，废弃应尽的职责来攻打鲁国吗？如果孝公今天进攻鲁国，他怎么向死去的齐桓公交代呢？您是一定不会这样做的。’我们就依靠这一点，所以才不怕。”

齐孝公听了展喜有理有节的话，便调集军队回国了。

有口皆碑

语出宋·释普济《五灯会元》。

碑是一种竖立的石块，上面刻有文字，可用来纪念或是记事。由于石质十分坚硬，所以雕刻的文字能够保存很久；经过再长远的时间，也不会损坏或磨灭，具有

有口皆碑

永恒的价值。

英雄伟人的纪念碑或是祖墓上的石碑，设置的目的，都是为了使后人能够知道从前的种种事情。

但在《五灯会元》一书中曾说道："劝君不用刻顽石，路上行人口似碑。"

"口似碑"的"碑"，并非实质的碑，而是一种比喻，说明如果一个人有值得别人称赞的行为，大家便会互相传诵赞美，有如刻在歌功颂德的石碑上。

后来，这句话便引申为一句成语，用来称赞人的优良品格及伟大的成就或事迹。甚至，连一件工艺品、一座建筑物制造得十分精良、美观，即使不用石碑来称誉，已早有人口耳相传，大加赞赏，极力推崇了。

有名无实

语出《国语·晋语》。

叔向，是春秋时晋国大夫。有一次他去见韩宣子。韩宣子是当时晋国的六卿之一，职位很高。可是当他见了叔向时，不住地唉声叹气，说自己太穷了。不料，叔向听他这样讲，起身向他祝贺。

宣子说："我虽身居卿位，却有名无实，比起别的卿大夫来，他们谁都比我阔绰。我感到很寒伧，你为什么反而祝贺我呢？"叔向回答说："穷，不一定是坏事，你只要回忆起栾武子，就可以知道了。"

栾武子，晋国上卿，而俸禄却比上大夫还少，家里连祭器都不齐全，可是他能发扬美德，处事公正，诸侯都同他友好，连狄族、戎族也来归附，因而使晋国安定，无灾无难。所以，他在大臣中很有威望。昏庸无道的晋厉公，听信奸臣的话，一天内杀了忠于国家的三个卿。

栾武子等也被扣押在宫中，国内一片混乱。栾武子果断地采取行动，调集军队，包围王宫，杀死厉公，迎立公子姬周为国君。当时，臣弑君是大逆不道的。但栾武子一贯清正廉洁，忠于职守，并未因此而受责难。

叔向最后说：“我看你像栾武子一样贫困，就联想到你已经有了他那样的德行，所以，我才向你表示祝贺。”

韩宣子听了叔向的话，顿时愁云消散，向叔向行礼道：“多谢你对我的教导。”

有条不紊

语出《尚出·盘庚上》。

从成汤以来，殷商先后五次迁都，老百姓怨声载道，不想再受折腾。

盘庚告诫大臣们说：“先王向群臣发布命令，群臣都不敢隐匿。这次搬迁就像‘若网在纲，有条而不紊’一样，也就是说，我的命令，就好像只有把网结在纲上，才会有条理而不混乱。只要大家按我的意见办事，团结一心，政务就好办了。”

于是，盘庚命人造了很多船只，准备将臣民全部渡过黄河去。临行前，他把那些不愿意迁移的人集中起来，对他们说：“让你们迁移到新邑去，就好比乘船，上船后却不愿意过去，那就只有坐等船的沉没和朽烂。现在我把你们迁移过去，正是为了让你们过上永久幸福的生活！”

迁都新邑后，盘庚首先安排臣民们的住地，然后确定宗庙和朝廷的方位，修缮成汤的故宫，庄严地祭祀先王，大力推动成汤的政令。自从盘庚迁都以后，百姓安居乐业，国势又一次强盛起来。

成语“有条不紊”就是来自盘庚对臣民们的讲话。

江郎才尽

语出南朝·梁·钟嵘《诗品·齐光禄江淹》。

江淹，字文通，是南朝刘宋时济阳考城（今河南省兰考）人。因他才华横溢，文章出众，人称“江郎”。一些名人如辅佐丞相的司徒、长史都喜欢和他交往。

他的才学被刘宋的建平王景素所看中，留在身边。一次，他因一件案子的牵连而进了监狱。江淹为了说明自己的清白，于是就上书给景素。书上言辞恳切，有极强的说服力。景素马上将他释放，一如既往地信任他。

到了刘宋末年，萧道成掌大权，闻听江郎的才学出众，于是就让他留在身边当官。由于其文才高，所以在宋、刘、梁三朝都做过官。

但到了晚年，传说其文笔大不如从前。还有这样一个传说：

有一次江淹路过凉亭，晚上留宿在那里。梦见一个自称郭璞的人对他说："我有一只笔搁在你那里很长时间了，你现在还给我吧？"江淹从怀中一摸，果然有一支五彩笔，于是就还给了郭璞。从此以后，江淹再也写不出华美的诗文了。许多人都说他已经"才尽"了。

自相矛盾

语出《韩非子·难一》。

矛和盾，是古代的两种兵器。矛是进攻式的，能刺伤人；盾是防卫式的，能防身护体，遮挡刀箭。它们的用途正好相反。

很久以前，楚国一个卖兵器的人到市场上出卖矛与盾。他把兵器放到地上让人观看，但他没有卖出一样。于是，他就举起他的盾，向大家吹嘘说："我的盾可坚固了，你不论用怎样锋利的矛来刺它，都绝不会把我这坚固的盾牌刺穿。"

这个人吹了半天他的盾后，又高高举起他的矛，吹嘘道："谁来买矛哇，我这矛可锋利呀！不管你拿什么样的盾牌，不论它是铜的、铁的、厚的、薄的，用我的矛，再坚固的盾，也能把它刺穿。"围观的人有点怀疑，上前仔细看他的矛和盾。

这时候，围观的人群中有一个人上前拿起一面盾和一支矛，用矛尖刺着盾问："如果用你的矛刺你的盾，会怎么样呢?"

那个卖兵器的人窘得无话可说，赶紧收起矛和盾走了。

志大才疏

"志大才疏"成语出自《后汉书·孔融传》。

孔融字文举，鲁国（今山东）人，是孔子的第二十代孙。东汉末年，他曾做过虎贲中郎将等官。当时，袁绍和曹操的势力很小，董卓势大专权，结党营私，胡作非为。国家面临着军阀割据、四分五裂的危险局面。这时，孔融自恃其出自圣人之后，立志平定国难。然而他“才疏意广”，一直没有达到目的。后来曹操执政，孔融更是经常讥讽朝政，曹操对他很是不满，最后找个借口把他杀了。

后人根据孔融的故事，将“才疏意广”改为“志大才疏”，来形容一个人志向很高，但能力有限。

攻心为上

“攻心为上”见于《三国志·蜀书·马谡（音 sù 素）传》裴松之注引《襄阳记》，意思是瓦解对方的斗志，这是战胜对方的上策。

三国时期，蜀相诸葛亮对马谡十分赏识，任命他为参军，并常常把马谡叫到自己的住处，谈论用兵之计，治兵之道，有时一谈就是一天。

公元225年（蜀后主建兴三年），诸葛亮亲率大军，到南方征讨反叛的少数民族。马谡一直相送到几十里之外。两人一边走一边谈论。诸葛亮说：“我们在一起多年，现在我要到南方去打仗，你有什么好的见解，希望跟我说一说。”马谡回答说：“南方的少数民族首领，自恃地势险要，地处偏远，早就不服从我们了。即使你今天打败了他，他投降了，可是我们一走，他们很快就会反叛。解决这样的问题，千万不可操之过急。我的意见，与他们作战，‘攻心为上，攻城为下；心战为上，兵战为下’。”马谡认为从思想上瓦解对方的斗志这是取得胜利的上策。

诸葛亮采纳了马谡的建议，对南方少数民族首领孟获七擒七纵，使孟获心悦诚服。一直到诸葛亮逝世，这些少数民族始终没有反叛。

后来，人们以“攻心为上”作为成语，比喻要真正征服敌人或取得对方的信任，必须要使敌人或对方从心底里佩服你。

求田问舍

“求田问舍”和“元龙豪气”这两个成语都出自《三国志·魏书·陈登传》。

东汉末年，有个叫陈登（字元龙）的人，从小便有扶世济民的大志。他博览群书，很有文才，也深谙谋略，年纪很轻时就被任命为广陵太守，政绩显著。后来陈登协助曹操消灭吕布有功，被加封为伏波将军。

有一次，许汜和刘备一起在刘表那儿谈论和评价天下的人物。许汜说：“陈元龙湖海之士，豪气不除。”刘备听了，问刘表：“你认为许汜的评价如何？”刘表对陈登的情况也不熟悉，回答说：“要说他的评价不对，他可是个从来不说谎的人；要说他的评价对，那么陈元龙应该天下闻名。”刘备又问许汜：“你说陈元龙气魄豪放，总有个缘故吧？”许汜答道：“过去，由于逃避祸乱，我路过下邳，见到元龙。他对我毫不客气，好长时间都不与我说话。晚上睡觉，他自己睡在大床上，却让我睡在下床。”刘备说：“你是全国有名的杰出人物，在这天下大乱、需要你忧国忘家拯救民众的时候，你却只知道‘求田问舍’。所说的话也没有什么可以采纳的，这正是陈元龙最反对的事，他怎么会跟你说话？要是我，就会自己睡在高楼之上，而让你睡在地下，何止是上床、下床的差别呢？”刘表听后，大笑不止。

后人根据这个故事，引出“元龙豪气”和“求田问舍”两个成语，前者比喻为人豪放有气魄；后者比喻只顾眼前利益，没有远大抱负，只知买田置房，含贬义。

赤地千里

“赤地千里”成语出自《汉书·夏侯胜传》。

汉宣帝刘询即位不久，想表彰先帝的功德，便下诏给丞相、御史说：孝武皇帝能讲友好，能施武威。北征匈奴，使得匈奴王远逃；南平诸雄；东定鲜族，开拓了大片疆土，建立了许多郡县，使百国臣服，不断地给宗庙进贡。武帝还立法规，使天下的礼仪完备，他的功德无量啊。可这些却都没有能好好地宣扬，我老是想着这件事，请你们考虑怎么办吧。群臣看了诏书后都说：照

招摇过市

诏书上写的办吧。但长信少府夏侯胜却说：武帝虽然有安定四夷、开拓国土的功劳，却杀死了无数民众，致使劳民伤财，天下贫穷老百姓流离失所，蝗虫大起，赤地数千里。所以，宣扬功德应该有益于民众，不应把财力物力花在立庙兴乐上。群臣听了这席话，都为难地说：可诏书上让这样办啊。夏侯胜坚持自己的意见：这诏书不能用。作为大臣，应该直言正论，不能迎逢拍马。我既然说出上面的话，就死也不悔。于是，众臣向宣帝告了夏侯胜，说他非议诏书，毁誉先帝。为此，夏侯胜被革职入狱。宣帝不听劝谏，下令修宗庙，奏盛德、文始、五行乐舞，凡是武帝巡狩走过的四十九州县，都立庙祭奠。没几年，社会动乱，自然灾祸不断，宣帝这才相信了当年夏侯胜的劝说，把他放出狱，并让他做了太子的老师。夏侯胜死后太子还为他穿素服五天，以报师傅之恩。

“赤地千里”由“赤地数千里”变化来。“赤”：光的意思。

“赤地千里”形容灾害严重，地面光赤，寸草不生。

来者不拒

“来者不拒”出自《孟子·尽心下》，意思是对来的都不拒绝。

这是孟子周游到滕国（在现在山东南部滕县一带）时碰到的一件事。

孟子来到滕国下榻于“上宫”。碰巧，上宫中有人放在窗台上的草鞋不见了。失者找不到，便去问孟子，说：“是不是跟随您来的人收起来了？”孟子回答道：“您以为他们是为了偷草鞋而来的吗？”问者说道：“大概不是的。

可您老先生开课讲学，从来是去者不追问，来者不拒绝的。凡来者，不见得都是学习的，也可能有偷草鞋的呢。”

连篇累牍

“连篇累牍”出自隋朝李谔《上书正文体》（见《隋书·李谔传》）。

隋朝初年，隋文帝杨坚的“治书侍御史”李谔是一个很有辩才的人，文章也写得很不错。当时的文风，由于承袭了南北朝时的不良影响，一般都过分追求词句的华丽，而不重视内容，往往空洞浮夸，不切实际。李谔反对这种文体，特地上书隋文帝，请求明令禁止。他的这篇《上书正文体》，后来成为文学史上一篇有名的论文。

据《隋书·李谔传》载，李谔在论文中对当时文风批评道：

竞骋文华，遂成风俗。……遗理存异，寻虚逐微，竞一韵之奇，争一字之巧；连篇累牍，不出月露之形，积案盈箱，惟是风云之状……

这几句话的意思是：写文章互相比赛词句的华丽，已经成了恶劣的风气。文章不讲什么正当道理，只写一些虚幻的枝节，只讲究一个韵一个字的奇特、巧妙；一篇又一篇地写了许许多多，堆满了桌子，塞满了箱子，但写的无非是月哟露哟，或者是风哟云哟。……李谔认为，这些东西写得一天比一天多，朝政也就会一天比一天乱。

李谔的这篇文章，在当时起了很大影响。文中的“连篇累牍”、“积案盈箱”，都是形容言之无物的文章又多又滥。后来，“连篇累牍”便成了成语，人们用它来形容那些数量很多而内容重复空泛的文章或文件等书面材料。含贬义。

言不由衷

这个成语故事出自《左传·隐公三年》。由：从；衷：内心。

春秋时候，王室衰弱，周天子已经不再受到诸侯那么重视了。春秋初年，继郑武公之后，郑庄公仍是周平王的卿士，执掌着朝廷的大权，但他对平王不大尊重。于是周平王有好些事情，交给同时也在朝里做官的西虢公去管理。郑庄公为此对周平王很不满意，认为平王是要让虢公代替自己管理朝政了。周平王就向郑庄公解释："无之。"意思是：我没有这样的意思。为了消除隔阂，相互间还同意互换人质，以示信任。于是，周平王的儿子王子狐为质去郑国；郑国的公子忽也质于周，来到了洛阳。这便是有名的"周郑交质"事件。

可是，就在这年的三月，周平王就死去了。平王的孙子姬林即位，史称周桓王。桓王一即位，也想委政于虢公。郑庄公非常生气，就在这年四月间，派大夫祭仲率师到周王畿内的温邑（今河南温县南），把已经成熟的麦子全割走了，秋天里，祭仲又带兵到周王畿内的成周（今河南洛阳市东），把成熟的谷物全部割跑了。从此，周郑之间的关系越来越恶化。

当时，有些正直之士在评论这件事时，指出："信不由中，质无益也。明恕而行，要之以礼，虽无有质，谁能间之。"

中：同"衷"；要：约束；间：离间。

这段话的意思是：不是从内心里说出来的真话，交换人质也是没有信用的。如果相互间能坦荡、真诚相交，都能以礼义来约束自己，即使没有人质，谁又还能离间得了相互间的关系呢？

根据这个故事，人们就把“信不由中”这句话，引申为“言不由衷”这个成语，用来比喻不讲真心话，虚伪敷衍的行为。

言犹在耳

这个成语故事出自《左传·文公七年》。

晋襄公死后，太子夷皋年幼，大夫赵盾等人，准备迎立在秦国的晋公子雍。于是，秦康公就派军队护送公子雍回国继位。

这件事被夷皋的母亲穆嬴知道了，她抱着太子哭闹于朝，责问众大臣说：“已经故去的晋襄公有什么罪过？太子夷皋有什么罪过？为什么不立太子继位，而要到国外去求君？”她还抱着太子跑到大臣赵盾的家里，给赵盾磕头说：

先君奉此子也而属诸子，曰：“此子也才，吾受子之赐；不才，吾惟子之怨。”今君虽终，言犹在耳，而弃之若何？

属：同“嘱”，托付。这段话的意思是：襄公生前，就把这个孩子的教育、辅导托付给你了，他说：“这孩子如果成才，我感激你对他的教育；不成才，我就怨恨你对他不教育不帮助。”今天襄公虽不在世了，他的话还在耳边萦绕，你怎么就能把夷皋抛弃了呢？这是为什么啊？

听了穆嬴的话，赵盾和许多大夫都有点怕穆嬴，更怕因此而祸及自身，又只好临时改变主意，改立夷皋为国君，这就是晋灵公。

后来，“言犹在耳”被引申为成语，用来形容对人家说过的话还记得很清楚，好像还在耳边回响。

识时务者为俊杰

“识时务者为俊杰”见于《三国志·蜀书·诸葛亮传》裴松之注引《襄阳记》。

东汉末年，涿县（今河北省境内）的刘备乱中起兵，并不断寻找生存和发展的机会。但是，挫折却一个接着一个，后来几乎连安身之处也成了问题。公元 201 年

（建安六年），他投靠了荆州刺史刘表，驻扎在新野县。

一次又一次地失败，使刘备悟出一个重要道理，那就是缺乏高明的人辅佐。他驻扎新野后，便一方面不断招兵买马，一方面到处访求人才。

当时，有个叫司马徽的人常与刘备来往。刘备知道他很有学问，便请他出来帮助自己。司马徽对刘备说："我只是一个普普通通的读书人，怎么会通达时务？通达时务的，都是杰出的人才。"刘备进一步向司马徽请教，司马徽告诉他："要说杰出的人才，在这附近就有两个人，一个是诸葛亮，一个是庞统。"后来，刘备三顾茅庐，请出诸葛亮任军师，势力很快得到发展，终使天下形成魏、蜀、吴三国鼎立的局面。

后来，人们从"识时务者，在乎俊杰"引出成语"识时务者为俊杰"，指能认清客观形势和时代潮流的人，才可以算是杰出的人才。

尾大不掉

"尾大不掉"亦称"尾大难掉"、"末大不掉"，或比喻部下势力强大，指挥不动；或比喻机构庞大，难以集中，指挥不灵。“尾大”，尾巴大，摇不动。语出《左传·昭公十一年》。

公元前531年春，楚灵王在申地召见蔡灵侯，以酒灌醉蔡侯，而后将他逮捕。夏天，楚王杀蔡侯，并派公子弃疾率兵围困蔡国。冬天，楚国灭掉蔡国，杀了蔡侯长子隐太子来祭祀。楚大夫申无宇说：“这样不吉利。五种牲口都不能互相用来祭祀，何况用诸侯呢？君王您将来一定会后悔的。”

尔后，楚灵王在蔡地筑城，派公子弃疾为蔡公。王问申无宇道：“弃疾在蔡地怎么样？”申无宇回答说：“选择儿子没有像父亲那样合适的，选择臣子没有像国君那样合适的。郑庄公在栎地筑城安置子元，使昭公不得立为国君。齐桓公在谷地筑城安置管仲，直到现在齐国还很安定。我听说有五种大人物不在边疆、五种小人物不在朝廷；亲近的人不在外边，寄居的人不在里边。现在弃疾在外边，郑丹在里边，君王您要多加戒备。”楚王对申无宇的提醒仍不以为然，认为国都有高大的城墙，没关系。针对楚王的这种看法，申无宇又举了历史上郑、宋、齐、卫等国出现过的问题，最后说道：“树枝大很容易折断，尾巴大摆不动，君王您是应该知道的啊！”

忍辱含垢

“忍辱含垢”成语出自《后汉书·曹世叔妻传》。

画龙点睛

曹世叔的妻子名叫班昭，是《汉书》作者班固的妹妹。她博学高才，多才多艺。曹世叔去世得早，班昭守节奉法，从不干半点越轨的事。班固《汉书》没写完就死了，为了完成《汉书》，汉和帝召班昭入东观藏书阁。班昭续《汉书》前曾作女诫七篇来警戒自己。其中有‘谦让恭敬”、“先人后己”、“有善莫名”、“有恶莫辞”、“忍辱含垢”等，意思是女性要懂得对别人谦让和恭敬；遇事应该先想到别人，后考虑自己；有了好处和功劳，不要张扬；有了缺点、过失，不应隐瞒；要能够含垢忍辱。

“忍辱含垢”现亦作“含垢忍辱”，意思是能够忍受得住耻辱。“垢”，脏的意思；“辱”，屈辱。

忍心害理

语出自《诗经·大雅·桑柔》。忍：残忍。

《桑柔》这首诗的第十一章用对比的方式赞美贤德的人才高德好，揭露得势小人的狠毒。这章诗是：

维此良人，弗求弗迪。维彼忍心，是顾是复。民之贪乱，宁为荼毒！

良人：才高德优的贤人；迪：这里指做官；民：这里指狠毒的小人；荼毒：这里用以比喻人心的狠毒。

这章诗的大意是：那些才高德优的贤人，是不乞求做官的；而那些心地狠毒的人却眷念着要官做，不断地去乞求。那残忍狠毒的人还专门兴风作乱，我怎么也不理解他的心会如此毒辣？

后来，“维彼忍心，是顾是复”这两句诗简化引申为

“忍心害理”这个成语，用来形容心地残忍、丧尽天良。

折戟沉沙

这个成语故事出自唐代杜牧《赤壁》诗。

以诗论史评人，在古诗词中常有所见。在这方面，唐代著名诗人杜牧就留下了一些这样的篇章。他的一首七言绝句《赤壁》，对魏、吴、蜀赤壁之战的评论，引起过大的纷争。这首怀古绝句是：

折戟沉沙铁未销，自将磨洗认前朝。

东风不与周郎便，铜雀春深锁二乔。

戟：古代的一种兵器；折戟沉沙：埋在泥沙里的废戟；周郎：即周瑜，孙、刘联军的最高指挥者；铜雀：铜雀台在邺城（今河北临漳），为曹操所建；二乔：指孙策之妻大乔，周瑜之妻小乔。

诗的大意是：在赤壁这个古战场上，那折断了的兵器已经深埋在泥沙里，只有金属部分还没有完全腐蚀。擦去了它的铁锈，冲去泥沙，仍然可以看出来是前朝的遗物。在那次赤壁之战中，要不是东风帮了周瑜的忙，周郎再有谋略，也难击溃曹军，弄不好二乔也会被曹操捉去，关在铜雀台上。

这首诗在评论三国赤壁之战时，说曹操失败于偶然，周瑜的胜利也只不过侥幸罢了。对此究竟怎么评说，不仅有的史学家，就是文学家，也有不尽一致的看法。

根据杜牧这首诗引出了“折戟沉沙”这个成语，用来形容遭致惨重的失败。

轩然大波

这个成语故事出自唐代韩愈《岳阳楼别窦司直》诗。

唐顺宗永贞元年，唐代大文学家韩愈因为赶上新皇帝登基的大赦，从贬地阳山（今广东省内）县回到了京都长安。他满以为这次被召回京会遇上一个明智的皇帝，能委以自己力所能及的重任，以施展平生的抱负。结果却大失所望，先是让他在柳州等待分配，不久被任命为江陵府长官的幕僚法曹参军（管理司法官吏）。这与他被贬前的监察御史相比，担任这样辅佐性小官，只能是被贬生活的继续。韩愈对此无限感慨和悲愤。

韩愈将要去江陵赴任的时候，恰好赶上旧历的八月中秋节到了。夜晚明月高挂，寂静的中秋之夜，他邀请了同自己一同被贬，一同被赦，又一同被派往江陵的张功曹，对月饮酒赋诗，借以消愁解闷。韩愈回忆起自己本想为国出力却一再受打击，三年的被贬生活的苦难，更是难以抑制自己的感情，于是他便写了《八月十五夜赠张功曹》这首著名的七言诗。他悲愤地吟咏出“一年明月今宵多，人生由命非由他，有酒不饮奈明何”这样幽怨深沉的诗句。

这年的十一月间，韩愈去江陵的途中，遇见在武昌韩皋幕府任司直的窦庠，二人在同游了岳阳楼之后，临别时韩愈又写了《岳阳楼别窦司直》这首五言长诗。这诗的前半部分写了岳阳楼的景物；后半首追述往事，抒发自己的忧愤心情。诗中在记叙临近洞庭湖的岳阳楼的景色时，曾有这样的诗句：

炎风日搜搅，幽怪多冗长。

轩然大波起，宇宙隘而妨。

轩然：波涛高高涌起的情景。人们便由此引出了“轩然大波”这个成语，用来比喻大的纠纷或风潮。

李代桃僵

这个成语故事出自《乐府诗集·鸡鸣》。

在封建社会里，统治阶级内部的争权夺利、勾心斗角，时刻都在发生着。这首《鸡鸣》乐府诗，就暗寓了一个豪门之家，兄弟之间，在高官富豪之时，尚能表面虚伪地和睦相聚，但暗地里彼此又相互嫉妒，一旦一方有难，对方从不相助，要么幸灾乐祸，要么乘人之危，落井下石。针对这种现象，诗在最末一节写道：

桃生露井上，李树生桃旁；

虫来啮桃根，李树代桃僵。

树木身相代，兄弟还相忘！

啮（音 niè 涅）：用牙啃或咬。

这一节诗的大意是：一眼水井边上长着有一株桃树，桃树旁边又有一株李树。有些虫子来咬桃树的根，李树虽说没有遭到虫害，却替桃树着急、难受，甚至枯僵了。树木尚且能同情友爱，而有些同胞兄弟竟连树木都不如，把手足之情全然忘记了。

后来，人们便从“虫来啮桃根，李树代桃僵”这两句诗中，引出“李代桃僵”这个成语，用来比喻一人有难，大家承担的团结友爱之情谊；也用来比喻甲代乙，相互代替的意思。

走马看花

走马观花

这个成语故事出自唐代孟郊《孟东野诗集·登科后》之中。

孟郊：字东野，唐代湖州武康（今浙江武康）人。孟郊生活在安史之乱后的代宗、德宗、顺宗、宪宗四朝。当时唐王朝统治集团内部官僚互结朋党，彼此倾轧，藩镇割据，兵祸更是连年不断，民众日益困苦。孟郊从年轻时候起多次参加进士考试，屡考都不中，生活窘困。因而他的诗歌有不少是描述自己一贫如洗、求官不达的怨气和忧愤。后来，在他四十岁那年，也就是唐德宗贞元十二年（公元 796 年）却在长安考中了进士。看过皇榜之后，孟郊高兴得骑着马，忘乎所以地奔驰在长安街头，不禁浮想联翩，趁兴成诗一首《登科后》：

昔日龌龊不足夸，今朝放荡思无涯。

春风得意马蹄疾，一日看尽长安花。

龌龊：指苦闷心情；放荡：不受约束，自由自在；涯：边际；疾：快。

诗的大意是：以往的苦闷岁月已经过去不值得一谈了，今天情不自禁地要自由自在地好好想一想。在气候宜人的春风里，我骑上马逛游在长安街上，在一日之间就要把京都长安的鲜花美景都看完。全诗表述了作者中进士后异乎寻常的情态。

根据这个故事，后来人们就引出“走马看花”这个成语，比喻粗略地观察事物，或对事物总的情况作一次初步的调查。这与原诗中形容得意愉快的心情，已有了变化。

坚如磐石

这个成语出自汉乐府《孔雀东南飞》。磐：大石，比喻坚定。

《孔雀东南飞》是我国古代的一首杰出的长篇叙事诗。诗前小序说：

汉末建安中，庐江府小吏焦仲卿妻刘氏，为仲卿母所遣，自誓不嫁。其家逼之，乃投水而死。仲卿闻之，亦自缢于庭树。时人伤之，而为此辞也。

这就说明诗中所叙述的事情是发生在汉献帝建安年间。诗中通过对庐江府（郡治在今安徽潜山县）小吏焦仲卿和妻子刘兰芝的婚姻悲剧的描叙，深刻地揭露了封建礼教、宗法势力的罪恶。全诗可分为十二段。诗的第一段写刘兰芝由于婆婆的压迫，忍无可忍，才向丈夫诉说了心中的苦痛，自请离婚，返回娘家；第二段写焦仲卿为兰芝求情，焦母坚持要把儿媳妇休掉，赶回娘家；第三段写焦仲卿向兰芝传达母亲的意思，并表示过些日子要把兰芝接回来；第四段写兰芝向婆婆、小姑辞别，然后挥泪登车返回娘家；第五段写焦仲卿送兰芝在大路上，分手时相约永远相爱，决不变心；第六段写兰芝回到娘家，初见母亲时的情形；第七段写县令派人求婚，兰芝拒不再嫁；第八段写太守派媒人为第五子向刘兰芝求婚，刘家允婚，太守准备迎娶；第九段写兰芝在母亲的催逼下含悲做嫁妆；第十段写仲卿闻讯来会兰芝，两人相约同死；第十一段写焦仲卿与母诀别，准备自杀；第十二段写在太守迎亲之日兰芝与仲卿双双自杀。诗在尾声部分还通过一对连理枝和比翼鸟的描写，更表现了广大人民群众对于美满的爱情的追求和向往。

诗的第五段写焦仲卿在送别兰芝时，向兰芝保证忠贞爱情，决不变心。兰芝回答说：

感君区区怀。君既若见录，不久望君来。

君当作磐石，妾当作蒲苇。蒲苇纫如丝，磐石无转移。我有亲父兄，性行暴如雷，恐不任我意，逆以煎我怀。

区区怀：真诚的情怀；见录：记着我；蒲苇：两种水草；蒲草和苇子，柔软但结实；纫：通“韧”；转移：移动；任：听任；逆：预料。

这段话的大意是：感谢你这真诚的心意。如果你真是记着我，那我就希望你不久就来接我回还。我要像蒲苇那样柔韧不折，你要像磐石一样牢固不变。只是我有一个兄长，他的性子非常暴。我担心他不能顺着我的意思，预计到这种情况，我心中就难受得像油煎一样。

以后，在第十段里焦仲卿闻听太守要为子娶兰芝，两人相会后，焦仲卿再向兰芝表示自己至死不变的忠心时，说：“磐石方且厚，可以卒千年。”意思是说：我像磐石一样方正、厚实，可以保持千年不变样。

后来，根据这些诗句，便引出了“坚如磐石”这个成语，用来形容极其坚固，不可动摇。

兵不厌诈

这个成语出自《孙子·计篇》：“兵者，诡道也。”意思是：用兵就是一种以计欺诈的行为。唐代李筌把这句话注为“军不厌诈”。厌：满足；诈：欺诈。意思是：用兵打仗要尽可能多地采用迷惑敌人的欺诈的方法。

《后汉书·虞诩传》载有一个故事：公元115年（汉安帝刘祜元初二年），安帝命令虞诩为武都太守，率军去抵抗西北边疆羌族统治者的入侵。汉军到达陈仓、崤谷一带，为羌军所阻。虞诩见敌众我寡，便命令部队停止前进，并传话出去说他已经上疏朝廷请求增兵，待援军到来再前进。羌军听到这个消息后，未辨真伪，便分兵去攻掠附近的县城。虞诩趁机命令部队日夜兼程前往武都前线，而且命令士兵在第一天驻营的地方每人造两个灶煮饭，以后逐日增加一倍。担任阻击任务的羌兵，见汉军驻宿地逐日增灶，误以为汉军兵力大大增加，便不战而退。这时，有人问虞诩为什么要这样做？虞诩回答说："羌人多，我军少，他们见我天天增加军灶，就误认为是武都郡的部队来接应我们来了，便不敢跟踪追击了。从前齐国大将孙膑用减灶的奇计故意示弱，我现在增灶是故意示强，彼此情况不同，应该因势而导，不可因循守旧。"虞诩终于大败进犯武都的羌军。

后来，人们引用"兵不厌诈"这个成语，用来说明用兵打仗要用计谋，以各种方式去迷惑敌人。

两部鼓吹

见《南齐书·孔稚珪传》："门庭之内，草莱不剪，中有蛙鸣，或问之曰：'欲为陈蕃乎？'稚硅笑曰：'我以此当两部鼓吹，何必期效仲举？’”

南齐时的孔稚珪对延世俗的一套，很觉讨厌，喜爱山水自然。他居住的房子周围，不加修饰，保持自然本色：长满了野草，坑坑洼洼，高低不平，经常听到蛙的鸣声。有人问他说：“你是学习陈蕃的做法吗？”陈蕃，字仲举，后汉人。少年时住的庭院，听任杂草丛生。他这样做，寄予一种志向：要扫除天下的野草、污垢。稚珪面对客人的提问，笑着说：“蛙的鸣声别有一番风味，我把它当作是器乐合奏呢，为什么要效法陈蕃啊！”

两虎相斗

见《战国策·秦策二》：“今两虎争人而斗，小者必死，大者必伤。”《史记·春申君列传》：“天下莫强于秦楚，今闻大王欲伐楚，此犹两虎相与斗。”又《廉颇蔺相如列传》：“今两虎共斗，其势不俱生。”明·罗贯中《三国演义》六十二回：“今两虎相斗，必有一伤。须误了我大事。吾与你二人劝解，休得争论。”

战国时，秦昭王派大将白起打败韩国和魏国以后，又叫白起攻打楚国，并叫韩国和魏国也一起出兵。

楚国有个春申君黄歇，当时正出使在秦国，他知道这个消息后，赶忙去见秦昭王。

“大王，你是在做鹬蚌相争，渔翁得利的事情啊！”春申君说。

昭王问：“先生的话，是什么意思？”

春申君说：“如今天下秦楚两国最强大，秦楚交战，犹如两虎相斗，得利的是韩、魏、齐三国。”

昭王插话问：“韩国和魏国刚被我们秦国打败，它们能耍出什么花招？”

春申君说：“韩、魏两国与你们秦国有累世之仇，两国国君的父子兄弟被迫在秦国当人质而死在秦国的有十多个人，两国是不会忘记报此深仇大恨的，他们这次出兵攻打楚国，是迫于你们秦国的压力，如果秦楚两国军队在这次战争中相持不下，他们会乘机去占领楚国的一些地方，并灭掉宋国，齐国也会乘机派兵占领楚国的泗上。所以，我认为秦国这次攻打楚国，实际上是在帮助这三个国家扩大地盘，使它们将来能够有力量同秦国抗争。”

昭王觉得黄歇的话有道理，就下令白起停止进攻，并派使者带了礼品到楚国，与楚国结为盟国。

后来，“两虎相斗”这一成语用来比喻强大的双万互相争斗。

两面三刀

这个成语出自元·李行道《包待制智勘灰阑记》第二折："我是这郑州城里第一个贤惠的，倒说我两面三刀，我搬调你甚的来？"

马均卿妻子和赵令史同谋，诬告马妾张海棠害死丈夫，并强夺张海棠的儿子。后经包拯查明真相，将儿子判归海棠。在调查这一案件过程中，马妻竭力为自己辩护，说自己不会玩弄两面三刀手法，是一个贤惠的女人。

两全其美

见元·无名氏《连环计》第三折："司徒，你若肯与了我呵，堪可两全其美也。"

东汉末年，董卓操纵大权，朝政十分混乱，除掉董卓是朝野的共同心愿。司徒王允设计一个连环计：他有一个义女名叫貂蝉，十分美貌。他把除掉董卓的心思告诉貂蝉，并和她商量要利用她来为民除害。貂蝉同意了。王允先把貂蝉许给吕布为妻，这时，吕布高兴得很，说把貂蝉嫁给他是两全其美的事，美女和英雄结婚是匹配相当。接着又把貂蝉送给董卓。就在貂蝉身上，造成了吕布和董卓的尖锐矛盾。后来吕布信了王允说的貂蝉被董卓霸占的话，于是便去杀了董卓。

两小无猜

唐·李白《长干行》：“妾发初复额，折花门前剧；郎骑竹马来，绕床弄青梅。同居长干里，两小无嫌猜。”

《长干行》叙述了这样一个故事：丈夫远出经商去了，久久不见回来，因而对丈夫十分怀念。诗以商妇自述的口吻，道出对丈夫的思念之情。一开始就这样说：“当我的头发刚刚盖上额角时，我们就折了花在门口一起玩耍。你骑着竹马到我家来，绕着床戏弄着青梅果。我们同住在长干这条巷子里，在我们幼小的心灵里，是多么敬重、爱戴啊！两颗心就像一颗心一样，无嫌无猜。”

励精图治

见《汉书·魏相传》：“宣帝始亲万机，励精图治，练群臣，核名实，而相总领众职，甚称上意。”

公元前 74 年，汉昭帝刘弗陵死去。他没有儿子，于是手握朝政大权的大司马大将军霍光立武帝的曾孙刘询为帝。这就是汉宣帝。

公元前 68 年，霍光病死。御史大夫魏相根据历史教训和霍氏家族的专权胡为，建议宣帝采取措施，削弱霍氏权力。霍氏对魏相极度怨恨和恐惧，便假借太后命令，准备先杀魏相，然后废掉宣帝。宣帝得知此事后，先发制人，采取行动，将霍氏满门抄斩。

从此以后，宣帝亲自处理朝政，振作精神，力图把国家治理得繁荣富强。他直接听取群臣意见，严格考查和要求各级官员；还降低盐价，提倡节约，鼓励发展农业生产。魏相领着百官尽职，很符合宣帝的心意。

宣帝在魏相的配合下，采取了一系列有利于发展生产，减轻人民负担的有效措施，终于使国家兴旺发达起来。他在位二十多年使已经衰落的西汉王朝出现了中兴的局面。

抛砖引玉

抛砖引玉

这个故事见宋·释道原《景德传灯录·卷十·赵州东院从谂禅师》："大众晚参，师云：'今夜答话去也，有解问者出来。'时有一僧便出，礼拜。谂曰：'比来抛砖引玉，却引得个墼了。'"

唐代高僧从谂禅师，主持赵郡观音院多年。相传他对僧徒参禅要求极严，必需人人静坐敛心，集中专注，绝不理会外界的任何干扰，达到凝思息妄、身心不动的入定境界。有一天，众僧晚参，从谂禅师故意说：“今夜答话，有闻法解悟者出来。”

此时徒众理应个个盘腿正坐，闭目凝心，不动不摇。恰恰有个小僧沉不住气，竟以解问者自居，走出礼拜。从谂禅师瞟了他一眼，缓声说道：“刚才抛砖引玉，却引来一块比砖还不如的土坯!”

另外，有一个抛砖引玉的故事。据《历代诗话》、《谈证》等书记述：唐代诗人赵嘏，以佳句“长笛一声人倚楼”博得大诗人杜牧的赞赏，人们因此称赵嘏为“赵倚楼”。当时另有一位名叫常建的诗人，一向仰慕赵嘏的诗才。他听说赵嘏来到吴地，料他一定会去灵岩寺游览，便先赶到灵岩，在寺前山墙上题诗两句，希望赵嘏看到后能添补两句，续成一首。果然赵嘏游览灵岩寺看到墙上两句诗，不由诗兴勃发，顺手在后面续了两句，补成一道完整的绝诗。常建的诗没有赵嘏写得好，他以较差的诗句引出赵嘏的佳句，后人便把这种做法叫作“抛砖引玉”。其实，常建、赵嘏并非同时代人，他们各自的活动年代相距百年之多，续诗之说不可信，只是由于这段故事很出名，人们也就承认它是成语“抛砖引玉”的出处之一。

投袂而起

见《左传·宣公十四年》："楚子闻之，投袂而起，屦及于窒皇，剑及于寝门之外，车及于蒲胥之市。"

楚庄王派申舟出使齐国，说："我特意不向宋借路。"而去齐国必经宋。庄王又派公子冯出使晋国，说："我也特意不向郑借路。"楚庄王之所以这样做，是故意挑衅。申舟早年在孟诸会猎时，曾得罪过宋君，便说："郑国能忍辱不伤害楚国的使者，而宋国不能忍辱，必定会杀害楚国的使者。这次我是死定了。"庄王说："他敢杀害你，我就兴兵讨伐他。"于是，申舟就把后事托付给儿子，出使齐国。申舟到了宋国，被拦住了。宋国的大臣华元说："从我们的国土上经过，不事先借路，是鄙视我们；鄙视我们，意在灭亡我们。杀掉申舟，楚国必定会讨伐我们。楚国来讨伐，我们定将灭亡。反正都是灭亡。"于是把申舟杀了。楚庄王听到申舟被杀的消息，非常恼怒，迫不及待地发兵攻宋。光着脚跑到院子里，侍从才送上鞋子给他穿上；出了门，才送来剑佩上；到了市街，才把车备好乘上。

投笔从戎

这个成语故事见《后汉书・班超传》：“尝辍业投笔叹曰：‘大丈夫无他志略，犹当效傅介子、张骞立功异域，以取封侯，安能久事笔砚间乎！’”

班超，是西汉著名史学家班彪的小儿子，《汉书》的编撰者班固的弟弟。他从小胸怀大志，虽然不注意修饰外表，不拘细节，但很孝顺长辈，常常在家干粗活、累活。他擅长辩论，并且阅读过各种图书和典籍。

汉明帝永平五年（公元 62 年），班固被召到京城洛阳做官，30 岁的班超与母亲随同前往。由于家境贫寒，他经常替官府抄写书籍，以取得一些收入。

时间久了，班超对整天抄抄写写非常厌烦，觉得长期干这种事没有出息。一天，他正在埋头抄书，突然心有所感，把笔一扔，感叹地说：“大丈夫纵然没有雄才大略，也应当像傅介子、张骞一样，到西域去建功立业，获得封侯的赏赐，怎么能老是这样埋头在笔砚之间抄书呢!”

同他一起抄书的人听他说这话都不以为然，讥笑他是异想天开。班超反感地说：“你们这些庸碌的小人，怎么能理解壮士的志向呢?”

不久，班超参加了军队。他作战英勇，身先士卒，得到了升迁。

后来，汉明帝又派班超出使西域。在多次出使西域的过程中，他只带着数十个随从，凭着自己的勇敢和智慧，克服了重重困难，为加强汉朝和西域各国在政治、经济、文化等各方面的联系，作出了重要贡献。

投鼠忌器

这个故事出自《汉书·贾谊传》：“里谚曰：‘欲投鼠而忌器。’此善谕也。鼠近于器，尚惮不投，恐伤其器，况于贵臣之近主乎。”

贾谊，是西汉初期著名的辞赋家和政论家。

贾谊写的政论文，都能切中时弊，提出不少重要的见解。其中的《陈政事疏》（又名《汉字策》）指出，当时诸侯王割据一方、竞相扩充实力的局面，隐藏着分裂中央政权的危机，建议削弱诸侯王的势力，巩固中央集权。

贾谊在《陈政事疏》中还提出，应该坚决实行严格的等级制度。他认为，皇帝是至高无上的。皇帝管辖的大小官吏，好比一级一级的台阶，应该界限分明，不可混淆，做到尊卑有序。百姓犯了法，可用在脸上刺字、割鼻子、砍脚、鞭打等手段去惩治；但王侯大臣犯了法，不能采用这些刑罚，而应用“廉耻节礼”等封建道德来约束。王侯大臣即使犯了天大的罪，也只能赐他们死，因为他们是皇帝身边的达官贵人。

为了说明自己主张的正确，贾谊引用一个谚语说：本来想用东西投掷老鼠，但顾忌会打坏它旁边的器物。这是一个很好的比喻。老鼠靠近器物尚有所顾忌，不用东西去投掷它，惟恐损伤器物，何况对贵臣的处置呢。他们是皇帝身边的人，对他们施用惩治老百姓的刑罚，就会损害皇帝的尊严。

投鞭断流

语出《晋书·苻坚载记》："坚曰：'以吾之众旅，投鞭于江，足断其流，何险之足恃？'"

公元382年，前秦皇帝苻坚在统一了北方大部分地区后，准备进攻东晋。为此，他把文武官员召集起来，对大家说："自从我当皇帝以来，前秦的国力日渐强大，地盘也由小转大，在北方已没有任何国家敢来与我抗衡。

投鞭断流

但是，南方的晋朝还占据着大片肥沃的土地。每想到这里，我就吃不下饭，睡不好觉。如今我已拥有百万大军，可说天下无敌。我想亲自率领大军伐晋，大家以为如何?”

大殿上沉默了好久，才有左仆射（一种高级官职）权翼起身说话：“目前晋朝有宰相谢安执政，君臣和睦，上下一心，将士士气很高，要攻灭它恐怕还不到时机。望陛下三思。”

苻坚听了，认为权翼是长敌人声气，灭自己威风，紧绷着脸不高兴，但嘴上仍然说：“好吧，请其他大臣说说看法。”

过了一会儿，太子左卫率（护卫太子的官员）石越说：“陛下，目前咱们虽然兵多将广，但晋军还占据着长江天险，对他们极为有利。咱们如强行渡江，势必造成很大损失。陛下务必三思而行!”

接连两位大臣都反对攻晋，使苻坚非常恼火。于是他傲慢地说话：“长江有什么了不起的?凭我有百万大军，只要我下令让每个士兵把鞭子投入江中，就足以截断长江的水流!”

苻坚气呼呼地回到内宫，太子苻宏又来劝说他别草率行事，但他仍然不听，一意孤行。第二年，他终于亲自率领 90 万大军，向东晋发动进攻，结果在淝水之战中大败。

别开生面

语出唐·杜甫《丹青引赠曹将军霸》诗："凌烟功臣少颜色，将军下笔开生面。"

唐代著名的画家曹霸，擅长于画人物和马。他的名声传到京城长安，连深居宫廷的皇帝唐玄宗也知道了。玄宗经常召他进兴庆宫，命他当场作画，并时常给于丰厚的赏赐。

由于曹霸受到皇帝的宠幸，长安城里的王公贵族和官府人家，都以藏有他的画为荣。大家不惜以很高的价钱，来收购他的墨迹。

长安北面的太极宫中，有一座著名的凌烟阁。阁内四壁上绘有唐朝二十四位开国功臣的肖像。这些肖像，是七十多年前著名画家阎立本画的。由于年代久，原先栩栩如生的功臣像，现在大部分已经剥落，不仅失去了当年的风采，有的甚至难以辨认。为此，玄宗把曹霸召来，要他重新画过。

要重画功臣肖像谈何容易。曹霸阅读了大量史料，对照已经暗淡模糊的功臣肖像仔细琢磨，精心构思，然后挥笔绘制。不久，二十四位功臣的肖像重放光彩，并且以崭新的风格展现在人们面前。

曹霸既擅长于画人物，又擅长于画马。一次，玄宗传曹霸进宫，当场叫人把他最喜爱的一匹叫玉花骢的名马牵来，命曹霸为它作画。

曹霸叫侍从把一幅巨大的白绢裱糊在殿壁上，同时对玉花骢进行了很长时间的观察，然后转过身，飞快地挥舞墨笔。不多久，威武神骏的玉花骢就展现在白绢上。玄宗越看越满意，马上叫侍从取来许多金帛赏赐给曹霸，并且封他为左武卫将军。

但好景不长，玄宗在任用李林甫、杨国忠等权臣后，爱好声色，奢侈荒淫，长期不理政事，曹霸也越来越少被召进宫去作画。后来他又因一件小事获罪，被削去官职，降为平民，只得离开长安。

公元 755 年，安禄山、史思明发动叛乱，玄宗逃往四川。曹霸也流落到成都，靠在街头替路人画像过活，晚境极其凄凉。

一次，著名的诗人杜甫来到成都，在朋友家里看到曹霸画的《九马图》，得知这位名噪一时的画家也在成都，便马上去寻访。几经打听，终于在街头找到了曹霸。

杜甫了解了曹霸的身世和遭遇后，非常同情和感慨，写了一首诗赠给他。诗中有这样两句：

“凌烟功臣少颜色，将军下笔开生面。”

这两句诗的意思是：凌烟阁中功臣像已失去了往日鲜艳夺目的色泽，亏得你左武卫将军下笔使它们重放光彩。

间不容发

这个成语出自汉·枚乘《上书谏吴王》：“系绝于天，不可复结，坠入深渊，难以复出，其出不出，间不容发。”

西汉的辞赋家枚乘，是吴王刘濞的谋士，他见刘濞积蓄力量准备反叛，便上书劝谏。

原来，刘濞是汉朝开国皇帝刘邦的侄子。刘邦称帝后，把他的亲属分封到各地当诸侯王，并赋予这些诸侯很大的权力。时间长了，诸侯王与朝廷尖锐对立，成为朝廷的严重威胁。为此，文帝、景帝两代逐步削减王国封地。刘濞对此不服，阴谋反叛，引起了枚乘对这件事的严重关切。

枚乘在上书中分析了反叛的严重后果。他举例说，如果在一根线上吊千钧（古代三十斤为一钧）重物，这重物悬在空中，下面是无底的深渊，那最笨的人也知道它极其危险。

接着他又指出，马刚受惊骇就打鼓吓它，线将断又吊上更重的东西，其结果必然是线在半空断掉无法连结，马坠入深渊无法救援。这情势的危急程度，就像两者距离极近，中间容不下一根头发。请大王深思。

尽管枚乘以及其他一些谋士反复劝谏，吴王刘濞还是不听，决定谋反。于是枚乘等人离开刘濞，前去投奔梁孝王刘武。

沧海桑田

语出晋·葛洪《神仙传·王远》："麻姑自说云：'接侍以来，已见东海三为桑田。'"

从前有两个仙人，一个叫王远，一个叫麻姑。一次，他们相约到蔡经家去饮酒。

到了约定的那天，王远在一批乘坐麒麟的吹鼓手和侍从的簇拥下，坐在五条龙拉的车上，前往蔡经家。但见他戴着远游的帽子，挂着彩色的绶带，佩着虎头形的箭袋，显得威风凛凛。

王远一行降落在蔡经家的庭院里后，簇拥他的那些人一会儿全部隐没了。接着，王远和蔡家的成员互相致意，然后独自坐在那里等候麻姑的到来。

王远等了好久还不见麻姑到来，便朝空中招了招手，吩咐使者去请她。蔡经家人谁也不知道麻姑是天上哪位仙女，便翘首以待。

过了一会儿，使者在空中向王远禀报说："麻姑命我先向您致意，她说已有五百多年没有见到先生了。此刻，她正奉命巡视蓬莱仙岛，稍待片刻，就会来和先生见面的。"

王远微微点头，耐心地等着。没多久，麻姑从空中降落下来了。她的随从人员只及王远的一半。蔡经家的人这才见到，麻姑看上去似人间十八九岁的漂亮姑娘。她蓄着长到腰间的秀发，衣服不知是什么质料制的，上面绣着美丽的花纹，光彩耀目。

麻姑和王远互相行过礼后，王远就吩咐开宴，席上的用具全是用金和玉制成的，珍贵而又精巧；里面盛放的菜肴，大多是奇花异果，香气扑鼻。所有这些，也是蔡经家的人从未见到过的。

席间，麻姑对王远说："自从得了道接受天命以来，我已经亲眼见到东海三次变成桑田。刚才到蓬莱，又看到海水比前一时期浅了一半，难道它又要变成陆地了吗?"

王远叹息道："是啊，圣人们都说，大海的水在下降。不久，那里又将扬起尘土了。"

宴饮完毕，王远、麻姑各自召来车驾，升天而去。

饮鸩止渴

语出《后汉书·霍胥传》。

东汉顺帝时，有一个叫梁商的人，他是顺帝的岳父。在朝廷掌握朝政十年，辅佐顺帝尽心竭力。

宋光，在郡里当官，由于秉公执法，得罪了一些权贵。因此郡里有钱有势的人，诬告宋光篡改诏书。于是宋光被押送到京城洛阳，关进监牢，最后被判了死罪。

当时，大将军梁商掌握朝廷大权，对宋光的为人略知一二，对他篡改诏书一案有怀疑，准备上调案卷，亲

饮鸩止渴

自审阅，并派人赴郡调查，但因公务繁忙，这件事也就搁了下来。

宋光下狱后，他的十五岁的外甥霍胥，非常了解他的舅舅，他要为舅舅申冤，决定给梁商写一封信，为舅舅辩白。信里有这么几句话："宋光作为郡守，一向奉公守法，得到朝廷信任，他怎么会去冒着触犯死罪的危险篡改诏书呢？这好比肚子饿了却以附子（附子：草药名，叶茎皆有毒，块根含毒更甚）充饥，口里干了却用鸩酒止渴一样，还没咽进肠胃，喉咙里就已经断了气了，难道有这样的蠢人吗？"

梁商看了这封信，觉得很有道理，对霍胥的才能和胆识十分赏识，便请求汉顺帝宽恕宋光。最后，宋光无罪获释，他的外甥霍胥的名声也传遍了洛阳。

沆瀣一气

语出宋·王谠《唐语林》。

唐僖宗时，有一官员，名叫崔沆。崔沆是魏国公崔铉之子，任礼部侍郎，主持科举的事，最后官至宰相。

乾符二年，他被派当主考官，主持朝廷考试事宜。这次应试的人中间，有一个名叫崔瀣的人，很有才学，到京城长安应试，考完后，自我感觉不错，就很有信心地住在京城，等着发榜。

崔沆审阅到崔瀣的卷子，认为考得不错，就录取了。发榜那天，崔瀣见榜上有名，那种高兴劲就别提了。

按当时的习俗，考试及第（即考试中选）的人，都算是主考官的门生；而主考官就是考试及第者的座主。

崔沆作为座主（主考官），非常欣赏崔瀣的才学，认为崔瀣在同期门生中成绩最好，因此与崔瀣的关系显得格外亲近。

崔瀣一录取，马上就当官上任了，别人见他升官快，而且官职也好，待遇也高，因此不免引起怀疑。爱凑趣的人见崔沆崔瀣两人关系非同一般，就把“沆”“瀣”二字合起来，编成两句话：“座主门生，沆瀣一气”，意思是：他们两人像是夜间的水气（露水）一样，融合一起。

近水楼台

语出宋·俞文豹《清夜录》。

范仲淹，字希文，北宋政治家、文学家。幼年孤贫，刻苦好学，曾担任过吏部员外郎、龙图阁直学士等官职，并镇守边疆，曾多次制止外族的入侵，功劳卓著。谏官欧阳修等提出，范仲淹有相才，于是仁宗皇帝让他担任参知政事，主持朝政。

“先天下之忧而忧，后天下之乐而乐”，表现了范仲淹忧国忧民的高尚品德，成为千古名句。

范仲淹很重视选拔人才，凡是有才干的人，都能得到他的推荐。在任杭州知府的时候，城中文武官员，大多能得到他的推荐提拔，惟有一个叫苏麟的人，因不在杭州而在外县任巡检，所以他虽然也是一个人才，但不为范仲淹所知，也就没有得到推荐。

一次，苏麟写了一封信给范仲淹，并附上所写的一首诗。诗中有这样两句：“近水楼台先得月，向阳花木易为春。”两句诗的意思是：靠近水边的楼台亭阁能先照到月亮，向着太阳的花草树木春天发芽得早。暗示在范仲淹身边的人，能先获得升官的机会，可我在外县，没有得到这个机会。

范仲淹心领神会，征询他的意见后，便满足了苏麟的要求。

沉鱼落雁

语出《庄子·齐物论》。

春秋时代，越国出了一位倾国倾城的美女，她名叫西施。

据说，当西施在故乡的溪边浣纱时，溪中游动的鱼儿，见到如此娇媚动人的容貌，都羞惭得沉到水底，不敢浮出水面。

后来，越国被吴国所灭，越王勾践忍辱负重，一心想要洗雪前耻，匡复故国，不但每天卧薪尝胆，借以激励自己，并且暗地里物色美女，想用美人计迷惑吴王夫差，以达复国的目的。

后来越国臣子范蠡找到了西施，便将她进献给吴王夫差。

西施用美丽的外貌与婀娜的姿态，将夫差迷得神魂颠倒，渐渐荒废了朝政，终于使吴国走向灭亡。

汉元帝时，也有一位倾国倾城的绝代美女，她便是出嫁塞外，历尽沧桑的王昭君。

当时，汉元帝正在挑选天下的美女，入宫当宫女。由于王昭君对自己出众的仪态极有自信，便不屑向画匠毛延寿贿赂。

生性卑鄙的毛延寿怀恨在心，便将呈给汉元帝的昭君画像，画得较为丑陋，却把逼真的一幅送给番王。

番王见到画像，如获至宝一般，便向汉朝索讨昭君，否则将派兵前来攻打。

为了避免战争，汉朝于是献出昭君求和。

传说王昭君出塞时，天空飞过的雁，惊讶她的美丽，竟都忘了飞行，跌落到树林里去了。

后人称赞女子的容貌美丽，便用“沉鱼落雁”来形容。

鸡犬升天

语出晋・葛洪《神仙传・刘安》。

汉朝武帝时期，高祖刘邦的孙子淮南王刘安非常信奉道教，爱好炼丹修道，幻想着能成仙。传说有一天，八位老公公登门求见，一个个姿态不凡。

刘安欣喜若狂，吩咐下人给八位老人供奉美酒佳肴，而且天天如此，八公向刘安传授丹经，得知刘安最大愿望就是得道成仙，马上开始为他炼制了能升天的仙药。

这时，有个郎中雷被与刘安的儿子刘迁比剑术而伤了刘迁，雷被害怕刘迁报复，就请求刘安批准他去抗击匈奴，但刘安不答应，雷被借故控告刘安。但因刘安是皇亲，又是淮南王，只被削去两个县的封地，雷被见得罪了刘安父子俩，生怕他们报复，又与人共同诬告刘安谋反。这次汉武帝不问青红皂白，就派人捉刘安。刘安听到消息后，大惊失色，求助八公。八公笑着对他说："这是上天要王爷去了。"说罢，领着刘安到一个山顶上拜祭天地，然后回到府中，让他吃下已炼好的仙药。

刘安服下仙药后，渐渐觉得身轻如燕，随后竟和八公一同升天了。他服剩的几颗丹药丢在庭院的地上，王府的鸡和狗吃了，也都升了天，天空中一片鸡鸣狗叫之声。

鸡鸣狗盗

语出《史记·孟尝君列传》。

战国时期，齐国孟尝君，被齐王任命为相国。

秦国的昭王很仰慕孟尝君的名声，特地邀请他访问秦国。孟尝君去秦国时，献给秦王一件名贵的白狐裘，价值连城。昭王打算拜孟尝君为秦相。秦国许多大臣对此不满，对秦王曰：“孟尝君虽有才能，但他毕竟

鸡鸣狗盗

是齐国的王族，让他任秦相，一定会把齐国的利益放在秦国的利益之上，对秦国将构成威胁。”劝秦王杀掉他。秦王决定暂时把孟尝君软禁起来。

秦王的弟弟泾阳君曾在齐国作过人质，孟尝君待他很好。泾阳君建议孟尝君找秦王宠爱的燕姬帮忙。

燕姬答应帮忙，但要狐白裘作报答。可是孟尝君只有一件狐白裘，已送给昭王了，怎么办呢？这时，在随行的门客中有个地位最低，平日善于偷东西的人，他在黑夜装狗的样子潜入秦宫，偷了那件狐白裘。

孟尝君派人把狐白裘送给燕姬。燕姬在秦王面前为孟尝君说好话，秦王果然听燕姬的话，放了孟尝君。随后秦王又后悔了，立即派人去追孟尝君。

孟尝君逃到函谷关，一出关就出了秦国，但这时正是半夜，按规定，关的大门要到鸡鸣时才能打开让商旅通行。关的大门闭着，怎么办？这时门客中又有一个善于模仿鸡叫的人，他“喔喔”地叫了两声，引得附近的公鸡都啼叫起来。关吏听见鸡叫，就开门放人出入，孟尝君因此得以逃脱。等秦昭王派兵来的时候，他们已逃回齐国了。

利令智昏

语出《史记·平原君虞卿列传》。

秦昭王派兵攻打韩国，首先攻占了野王（今河南沁阳县），然后准备驱兵进攻上党（今山西省东南部）。

上党守将冯亭，一看上党很难保住，就决定把它送给赵国。这样不但上党得到了赵国的保护，而且可以顺势做个人情，还可以转移秦国的目标，使秦国迁怒于赵国，韩国即可自保。

赵孝成王征求大臣们的意见。赵国的平阳君赵豹认为，无缘无故接受别人的好处，是祸患的根源。因此，不主张接受上党。平原君赵胜却被眼前的利益冲昏了头脑。认为不费吹灰之力，即可得到上党郡十七座城池，实在是件极便宜的事。主张马上接受上党。于是赵孝成王采纳了他的意见，派平原君到上党接受土地，并封冯亭为华阳君。

秦国眼看马上就可以到手的上党郡白白地被赵国接受，极为恼怒。两年后，秦王派大将白起率兵攻打赵国。

战争一直打了三年，秦军首先攻下了上党，然后在长平与赵军展开决战。赵国在这次战争中，四十万大军全军覆没，不少俘虏被秦军活埋，赵国的都城邯郸也差点被秦军占领。

因为赵国的平原君贪图小利，失去理智，给赵国带来极大的灾难。后来，司马迁写《史记》时，认为平原君做出这样的决定，就是“利令智昏”了。

吴下阿蒙

语出《三国志·吴书·吕蒙传》裴松之注引《江表传》。

三国时，吴国的名将吕蒙虽然身居要职，但因他读书很少，见识不广，军中一切文书等均请人代笔。

有一次孙权对吕蒙和蒋钦说：“你们都是负有责任的将领，要多读点书，增长自己的见识啊！”

吕蒙却推托说：“军中军务繁忙，抽不出时间来读书。”

孙权又开导他说：“我难道是要你去精读经书去当博

士？但是作为一名将领没有文化，光靠别人代笔怎么行啊！”孙权希望吕蒙读《孙子》、《六韬》等兵书和《传》、《国语》等历史书。最后，孙权把汉光武帝刘秀和曹操在军务繁忙的情况下，仍然手不释卷的学习情况，都对吕蒙讲了，希望吕蒙在读书方面要向他们学习。

吕蒙听了孙权的教导后，很受感动，从此认真读书，孜孜不倦。

一次吴国的大将鲁肃路过吕蒙的驻地，鲁肃心里对吕蒙有些轻视，经人劝说后，才不得不表示一下礼貌，去拜访吕蒙。相会以后，两人就一起讨论国家政事。在讨论中，鲁肃常常理屈词穷，被吕蒙问得无言以对。讨论结束时，鲁肃不由得拍拍吕蒙的背，钦佩地说：“以前我总是以为老弟只是在军事方面有点策略罢了，现在才知道你的学问渊博，见解独到，你再也不是以前吴下的那个阿蒙了。”

玩物丧志

语出《尚书·旅獒》：“玩人丧德，玩物丧志。”

姬发攻灭商朝后，建立了周朝，历史上称他为周武王。武王把占领的土地分封给有功的大臣和诸侯，并且派出大批使者到各边远地区，去宣扬自己的武功文治，号召远方各国和部族都来臣服。

不少远方的国家和部族慑于武王的威名，派使者来到周朝称臣，同时带来了许多贡物。在这些贡物中，有一只被称为獒的狗。这獒身体大，尾巴长，四肢比较短，毛呈黄褐色，凶猛善斗，可做猎犬。这畜生很有灵性，见到武王后就匍伏在地，似乎在行拜礼。武王很高兴，吩咐侍从好好喂养它，并重赏了献獒的使者。接着，就乐滋滋地与它逗玩起来。

太保召公奭觉得，作为一个君王，对此要有所节制，于是作了一篇名叫《旅獒》的文章呈给武王。文中写道：沉湎于侮辱和捉弄别人，会丧失自己崇高的德行；沉湎于所喜爱的事物，会丧失自己进取的志向。创业不易，不能让它毁于一旦啊！武王读了这篇文章，想到纣王荒淫无度导致商朝灭亡的教训，觉得召公奭的文章有道理，于是下令将贡物分赐给各功臣和诸侯。

其貌不扬

这个成语故事见宋·孙光宪《北梦琐言·卷二》：“榜末及第，礼部侍郎郑愚以其貌不扬，戏之曰：‘子之才学甚富，如一目何?’”

公元866年，32岁的皮日休被推荐到京城长安去参加进士考试。他在城东南的永崇里只住了10天，文名就传遍了长安城。由于他不愿奉承权贵，得不到他们的荐引，结果没有考中。

考试落第后，皮日休回到家乡，把自己所写的200多篇诗文编成十卷，定名为《皮子文薮》。第二年，他再次进京应试。

这次考试的主考官，是礼部侍郎郑愚。他看了皮日休的文章，非常欣赏，还未发榜，就派人把他叫到府里来会面。

郑愚原来以为，皮日休的文章写得这么出色，相貌必定清秀端正。不料一见面，发现他左眼位置不正，看上去不太舒服。于是用嘲笑的口气问他：“你很有才学，为什么一只眼睛长得不相称?”

皮日休对郑愚的问话很反感，立刻反唇相讥道：“侍郎可千万不能因为我这一只眼睛，而使自己两只眼睛丧失目力啊!”

郑愚显然被皮日休的话刺痛，因此做了小动作。发榜时，皮日休虽然中进士，却是最后一名。

后来，皮日休在长安做了一个小官。他看到朝政腐败，天下即将大乱，便写了许多文章暴露和批判了黑暗的社会现实。不久，他投奔了黄巢起义军。

枕戈待旦

语见《晋书·刘琨传》：“吾枕戈待旦，志枭逆虏，常恐祖生先吾著鞭。”

刘琨是西晋末年魏昌人，他不仅武艺精通，而且很有抱负。

有一次，他听说朋友祖逖被朝廷任命了官职，就给亲属写信说：“我每天都是枕着兵器躺在床上，随时想杀敌报国。可惜祖逖比我先去建功立业了。”后来，刘琨当上并州刺史。

有一年晋阳灾荒严重，贼寇乘机猖狂，劫道抢掠，百姓叫苦连天。刘琨便率领一千人，平定了盗匪，劝百姓种地，还派兵保护他们。有一次，北方骑兵包围了晋阳城，城内兵力甚少，刘琨想出一个办法：夜里，他登上城楼，吹起箫来，那曲调凄凄惨惨，如泣如诉，城外的士兵听了无不悲伤。半夜，他又吹起胡笳，乐声使士兵想起家乡，怀念亲人，流下眼泪。天快亮时，刘琨又吹起了箫，围城的士兵再也忍不住了，纷纷骑马回去。

直言不讳

语出《晏子春秋·外篇·重而异者二十二》：“行己而无私，直言无而讳。”清·文康《儿女英雄传》三十二回：“九哥你既专诚问我，我便直言不讳。”

公元379年，前秦皇帝苻坚派大将苻丕率领7万军队进攻东晋管辖下的襄阳。另外又派三支军队共10万大军在襄阳外围配合作战。

襄阳守将朱序一面凭险固守，一面派人向东晋朝廷

直言不讳

紧急求援。

晋孝武帝接到急报，立即派荡寇将军刘波率领八千人马，火速赶往襄阳救援。刘波接到命令，立即率军出发，部队来到离襄阳 50 里的地方，探马前来禀报前秦在襄阳一带集结的兵力多达 17 万。

刘波见自己手下只有八千人马，敌寡我众，贸然继续进兵，无异以卵击石，自投罗网，于是下令停止前进，不再前往襄阳。

朱序在襄阳坚守了 20 天，眼看救兵不至，不由忧心如焚。他手下的督护眼见敌兵势大，叛变投敌，襄阳终被攻破，朱序不幸被俘。

刘波回师，晋孝武帝认为刘波救援不力，免去了他荡寇将军之职。

不久，孝武帝了解到当时敌我兵力情况，知道刘波即使冒死前往救援，也毫无作用，因此又恢复了他荡寇将军的职务。

过了四年，东晋军队在谢安的指挥下在淝水大败前秦军队，取得了辉煌的胜利。晋孝武帝为了巩固胜利，命熟悉北方情况的刘波坐镇北方，统督淮北各军。

这时，刘波正患着重病，知道凭自己的身体情况是无法完成皇上的使命的。他知道自己将不久于人世，就上了一道奏疏，把自己的意见和建议提供给孝武帝参考。他在奏疏中写道："我从本朝开国的历史，联想到目前的朝政，不顾自己的无知，直言不讳地告知皇上，供皇上参考。"

接着，他就怎样治理国家，应付外患，使用人才等各个方面，都向孝武帝提出了有益的建议。

孝武帝看了，很受感动。可不幸的是，刘波不久就真的去世了，这封奏疏成了他的遗言。

后来，"直言不讳"为一成语用来形容想说什么就说什么，一点也不避讳。

画龙点睛

这个成语故事出自唐·张彦远《历代名画记》卷七："武帝（梁武帝）崇饰佛寺，多命僧繇（张僧繇）画之……金陵安乐寺四白龙，不点眼睛，每云：'点睛即飞去。'人以为妄诞，固请点之。须臾，雷电破壁，两龙乘云腾去上天，二龙未点睛者见在。"

南北朝时期，梁朝的张僧繇擅长画龙。他画龙，已经到了出神入化的程度。最为神奇的，就是他画龙点睛的传说了。

有一次，张僧繇在金陵安乐寺的墙上，画了四条白龙。奇怪的是，这四条白龙都没有点上眼睛。

许多人对此不解，问他道："先生画龙，为什么不点上眼睛呢？是否点眼睛很难？"

张僧繇郑重地回答说："点睛很容易，但一点上，龙就会破壁乘云飞去。"

大家都不相信他的回答，纷纷要他点睛，看看龙是否会飞跃而去。张僧繇一再解释，点了要飞去。但大家执意要他点睛，于是他提起笔来点睛。奇迹出现了：他刚点了其中两条龙的眼睛，就雷电大作，暴雨倾盆而下。突然“轰”地一声巨响，墙壁破裂。大家定睛看去，两条刚点上眼睛的白龙，已经乘着云雾，飞跃到空中去了，而那两条未曾点睛的白龙，还是留在墙壁上。大家这才信服。

画蛇添足

《战国策·齐策二》：“楚有祠者，赐其舍人卮酒。舍人相谓曰：‘数人饮之不足，一人饮之有余；请画地为蛇，先成者饮酒。’一人蛇先成，引酒且饮之，乃左手持卮，右手画蛇，曰：‘吾能为之足。’未成，一人之蛇成，夺其卮曰：‘蛇固无足，子安能为之足！’遂饮其酒。”

战国时，楚国有一个贵族在祭祀了祖先以后，把祭祀用的一壶酒赏给为他办事的几个人喝。那几个人看了看酒，认为太少了些，于是其中一个人提议说：“这一壶酒如果我们每个人都喝的话，大概一人只能喝一口，最好是只让给一个人喝。我看，我们几个在地上比赛画蛇，谁先画好，谁就是这壶酒的主人，行不行？”

大家都认为这个主意不错，便一致赞成。于是，他们几个人就蹲在地上画起蛇来。其中有一个人很快就把蛇画好了，可是当他正要拿起酒壶喝的时候，看到其他几个人仍手忙脚乱地画着，于是便自作聪明地用左手端着酒壶，右手又在地上画起来，嘴里还洋洋得意地说：“你们看，我还能给蛇添上脚呢！”

可是正当他在画脚的时候，另一个人已经画好了蛇。那个人立刻把那壶酒抢过来，毫不客气地说：“蛇本来就没有脚，你怎么能够给它添上脚呢？”

画虎类犬

语出《后汉书·马援传》：“效季良不得，陷为天下轻薄子，所谓画虎不成反类狗者也。”

马援有两个侄子，一个叫马严，一个叫马敦。马严和马敦都喜欢讥讽和议论别人，并喜欢和侠客交游。马援在军中得知这一情况，就写了一封信去教育他们，这就是著名的《诫兄子严敦书》。在这封信中，马援教育他们说：

“我希望你们在听到有人议论别人的过失时，能够像听到议论自己父母那样，只可以用耳朵听，而不要去参加议论。

我一生最反对议论别人的长短。山都长龙伯高是一个厚道谨慎，说话很有分寸，恭谦节俭，廉明公正的人，虽然他的职位不高，但我很尊敬他，希望你们向他学习。

越骑司马杜季良为人豪侠，好讲义气，能够和别人同忧共乐，不论好人坏人，都能和他交朋友。他替他父亲办丧事时，宾客如云，良莠皆有。我虽然也很尊敬他，但却不希望你们仿效他。你们如向龙伯高学，即使学不成，就好像刻鹄不成，还可以刻出一只鹜来，样子还差不多；但如果你们学杜季良，如果学不成，就会成为轻浮浪荡的人，那就像画一只老虎，如果画不成老虎，就只能画得像只狗了。”

卖剑买牛

这个故事出自《汉书·龚遂传》：“民有带持刀剑者，

使卖剑买牛，卖刀买犊。”

汉宣帝时，渤海郡一带闹灾荒，农民吃不上饭，纷纷带持刀剑为盗。汉宣帝急于选择一个能够治理的人。大臣们都推荐龚遂，汉宣帝就委任他为渤海太守。

汉宣帝召见龚遂时，见他是一个七十多岁矮小的老头，看不上眼，就问他说：“渤海发生动乱，我非常担忧，你到那里后，怎样平息盗贼呢？”龚遂不慌不忙地回答说：“那里的百姓挨冻受饿，官吏却并不爱护他们，所以他们才拿起刀剑。如今陛下派我去，是要我去打击他们呢？还是安抚他们？”

汉宣帝听了很满意，说：“选用像你这样贤良的人去，当然是要安抚他们。”龚遂又请求说：“我听说治理乱民好像治理一堆乱绳子，千万不可急，只能慢慢来才能治理好。希望陛下放手让我去做。”龚遂一到渤海郡就打开粮仓，救济灾民；同时选派一些好的官吏去安抚百姓。没有多久，起义就平息下去了。他看到身上带刀佩剑的百姓，就劝他们卖剑买牛、卖刀买犊，并开玩笑似地说：“何必要带牛佩犊呢！”

这话的意思是：你不卖掉刀剑去买牛犊，而把刀剑佩带身上，这等于“带牛佩犊”，有什么好处呢？

奇货可居

这个故事出自《史记·吕不韦列传》："子楚……居处困不得意，吕不韦贾邯郸，见而怜之，曰：'此奇货可居。'"卫国的大商人吕不韦到赵国的都城邯郸去做买卖，碰到在那里做人质的秦国公子异人；他觉得异人是个稀有的"货物"，可以收买下来，搞个政治投机，有朝一日换取名利。

回家后，吕不韦问父亲："农民种田，一年能得几倍的利益？"

"可得十倍的利益。"父亲回答说。

"贩卖珠宝能得几倍的利益？"

"可得几十倍的利益。"

"要是拥立一个国君，能得几倍的利益？"

"那就无法算得清楚了。"

于是吕不韦说起秦国公子异人的事，并表示要设法把他弄到秦国去做国君，做个一本万利的大买卖。父亲非常赞成。

异人是秦昭王的孙子、太子安国君的儿子。安国君宠爱华阳夫人，而讨厌异人的母亲夏姬，因此异人被送到赵国当人质。吕不韦告诉异人，愿意为他回国出钱出力；一旦秦昭王去世、安国君即位，他就可以成为太子，将来继任国君。异人自然非常高兴，再三道谢，并表示一旦成为国君，就把秦国的一半土地封给吕不韦。

政治交易达成后，吕不韦带了大量财宝去秦国，托人向华阳夫人献上厚礼。华阳夫人马上召见吕不韦。吕不韦玩弄巧舌，说服没生过儿子的她认异人为自己亲生儿子，并通过她要求安国君派人将异人接回秦国，改名子楚。

此后，华阳夫人一再在安国君面前说子楚的好话，并要求立他为太子。安国君答应了，还让吕不韦当他的老师。

几年后，秦昭王去世，安国君做了国君，即秦孝文王。孝文王即位时年纪已经很大了，一年后就死去，于是子楚如愿以偿，继任国君，称为秦庄襄王。吕不韦是头号功臣，当上了丞相，享受10万户的租税。他收买下来的奇货经过囤积，终于换来了无法估量的名利。

卧薪尝胆

语出《史记·越王勾践世家》："吴既赦越，越王勾践反国，乃苦身焦思，置胆于坐，坐卧即仰胆，饮食亦尝胆也。"

公元前493年，吴王夫差为报父仇，领兵攻打越国，越王勾践兵败投降。夫差大获全胜，得意洋洋地把勾践及其妻子押往吴国。为了在诸侯国中表现自己宽宏大量，他决定不杀勾践夫妇，而让他们住在父亲墓前的石屋里，一边看墓赎罪，一边养马。夫差外出，勾践就得拿着马鞭子，走在马车前面。

过了三年，夫差认为对勾践的惩罚已经够了，今后他不会再反对自己了，便将他夫妇释放回国。

勾践回国后，立志报仇雪恨。为了锻炼自己的意志，他睡觉不用被褥，就躺在柴草中。又在自己起居处悬挂一个苦胆，坐卧时都能看到，每次吃饭前，都要去尝一尝胆的苦味，还经常哭着问自己："勾践，勾践，你忘记会稽战败的耻辱吗？"

勾践还采取各种措施，努力发展生产，并亲自扶犁种田，让妻子纺织；食不加肉，衣不重彩，与百姓同甘共苦。同时奖励生育，增加人口，加强国力。就这样，勾践经过“十年生聚，十年教训”，终于使越国强大起来。

过了四年，勾践举兵进攻吴国。夫差不敌，派人求和，但被勾践拒绝，夫差被逼自杀，吴国灭亡。

拔帜易帜

这个成语故事出自《史记·淮阴侯列传》：“夜半传发，选轻骑二千人，人持一赤帜，从间道萆山而望赵军，诫曰：‘赵见我走，必空壁逐我，若疾入赵壁，拔赵帜，立汉赤帜。’”

韩信被刘邦拜为大将后，率领汉军攻占了魏国和代国，接着又在张耳的协助下，带了几万兵东下井陉，攻击赵国。赵王和主将陈余在井陉口聚集了二十万大军阻挡。

谋士李左军建议陈余拨给他三万军队，从小路出发，出奇不意地截取汉军的后勤装备及粮食；而它的前军抵达井陉时不与交战。这样的话，不到十天就可以取下韩信和张耳的头颅。

陈余是个读书人，不爱使用诈谋奇计，认为韩信的兵不过数万，经过千里行军，已非常疲惫，可以直接予以攻击，因此没有采纳李左军的计谋。

韩信手下的人探听到这个消息后，十分高兴，放心东下井陉。进军到离井陉口三十里之处，韩信下令休息。半夜里，他选出两千名轻骑兵，让他们每人拿着一面红色旗帜，从小道来到井陉口山后隐蔽起来，同时对他们说：

“我将另派一支军队与赵军对垒，并假装败退。这样，赵军必家倾巢而出，前来追击。你们乘此机会快速进入赵营，拔掉赵军的旗帜，换上我们汉军红色的旗帜。”

接着，韩信又派出一支一万人的军队，叫他们背水摆开阵势。赵军见汉军排出兵法上最讳忌的背水之阵，都哈哈大笑，以为汉军自己断了后路。

天刚亮，韩信指挥这一万人的军队向井陉口进发，赵军立即打开营门迎击。战了一段时间后，韩信、张耳命汉兵丢掉旗鼓，向水边退去。汉兵退到水边阵地，再也无法后退，只得拼死作战。

这时，隐蔽在山后的两千汉兵，趁赵营无人守卫，快速冲进赵营，飞快地拔掉赵军旗帜，换上汉军红色的旗帜。而在水边作战的赵兵，因遇到背水一战的汉兵的顽强抵抗，无法取胜，想返回营地，却见那里全是汉军的红旗，以为赵王已被汉兵抓住，顿时军心大乱，各自逃命。接着，汉军两面夹击赵军，结果主将陈余被杀，赵王被活捉。

抱残守缺

语出《汉书·刘歆传》："犹欲保残守缺，挟恐见破之私意，而无从善服义之公心。"清·江藩《汉学师承记·卷八·顾炎武》："岂若抱残守缺之俗儒，寻章摘句之进士也哉。"

刘歆是著名学者刘向的儿子，沛（今江苏省沛县）人。他是西汉末年古文经学派的开创者，是目录学家、天文学家。他继承父业，总校群书，撰成《七略》，包括辑略（总论）、六艺略、诸子略、诗赋略、兵书略、术数略和方技略。它的主要内容，保存在《汉书·艺文志》

中，对中国目录学的建立有一定贡献。他曾任黄门郎（内延侍从官）。王莽执政时期，立古文经博士，刘歆任国师。

抱残守缺

刘歆在校勘曲籍过程中，阅读大量秘藏的古籍，从中发现一本古文《春秋左氏传》，他特别感兴趣。经过深入的研究，他认为，《左传》是一本珍贵的文献资料，于是建议为《左传》等古籍设立学官。

汉哀帝（刘欣）知道这件事以后，就让刘歆与五经博士讨论研究《左传》等一批古书的思想内容和意义。但博士们既不同意为《左传》设立学官，又不肯讨论研究这件事。刘歆对此非常气愤，他给管博士的太常写了一封公文，提出了尖锐的批评。

刘歆在公文中指出，这些博士孤陋寡闻，不学无术，他们害怕别人识破自己的私意，没有服从真理的公心，所以宁愿因循守旧，抱残守缺，而不肯研讨新的学问。由于刘歆的言词激烈辛辣，击中了博士们的要害和痛处，因此遭到博士们的怨恨和诽谤，得罪了执政大臣。后来刘歆请求远离朝廷，到地方做了个小官。

以后因为密谋杀王莽一事泄露，自杀身死。

招摇过市

语出《史记·孔子世家》：“灵公与夫人同车，宦者雍渠澄乘，出，使孔子为次乘，招摇市过之。”

春秋时期，卫国的国君卫灵公昏庸无能，不理朝政。国家的大权全控制在他的妻子南子手里。由于南子作风轻浮，行为不检点，因此名声很不好。

公元前 494 年，孔子在周游历国的途中，带着子路、颜回等一批学生来到了卫国。

卫灵公知道孔子是个大学问家，对他很客气，甚至开玩笑似的说要和孔子结成兄弟。孔子以为卫灵公很赏识自己，即将重用自己，便也很高兴。

南子也知道孔子名声很大，就派人去对孔子说：

“要和卫国国君结为兄弟的人，一定要拜见我。我希望能见见你。”

于是，孔子到宫中去见南子。南子在接见孔子时，故意只隔开一层薄薄的纱帘，又把衣服上装饰的玉佩弄得叮叮当当作响，向孔子卖弄风骚，弄得孔子尴尬极了。

这件事让孔子的学生子路知道了，气呼呼地埋怨老师不该和这种轻佻的女人见面，认为这样有失老师的尊严。孔子急得对天发誓说：

“我之所以去见南子，是因为她掌握着卫国的实权。我是去向她宣传我的政治主张的。如果我向你说谎，老天爷会惩罚我的呀！”

有一天，卫灵公和南子乘着一辆非常华丽的车子出游，并由一名太监雍渠陪着，让孔子坐在第二辆车中。卫灵公得意扬扬地在闹市兜了几圈，故意显示自己的威风，而南子在车中向卫灵公搔首弄姿，丑态百出。孔子生气地说：

“卫灵公不是一个想把国家治理好的人，他只是一个好色之徒罢了。”

孔子在卫国住了一个多月，见卫灵公没有重用他的意思，便带着学生们离开了卫国。

披坚执锐

语出《史记·项羽本纪》："夫被（即披）坚执锐，义不如公，坐而运策，公不如义。"

秦朝末年，陈胜、吴广率领的农民起义军被秦大将章邯攻灭后，项梁和项羽便拥立楚怀王的孙子熊心为王，仍称楚怀王，继续与秦军作战。项梁因作战胜利而骄傲自满，被秦军打败，死于军中。

章邯打败楚军后，又去攻打赵国。赵军不敌，退守巨鹿，被章邯指派的王离、涉间的军队团团围住。怀王对此很着急，任命宋义为上将军、项羽为副将，派他们率军去救援赵国。怀王还将卿子冠军的称号授与宋义，命他统率其他各军。

宋义把军队带到安阳后，接连四十六天不进军。项羽对他说："如果秦军已将赵王围在巨鹿城里，我军应迅速渡河，赶到那里来个里应外合，必定能大破秦军。"

宋义摇摇头，说："不行。牛虻固然能惹牛，但不能咬死虱子。如今秦军攻赵，就是取胜了，也已经经筋疲力尽，我军可等它疲惫不堪时进兵；如若秦军不能取胜，让它胶着在那里，我军可乘机西进把秦国攻下来。所以，还不如让秦、赵两军打下去。说到穿着坚固的铠甲、拿着锋利的兵器冲杀敌军，我宋义不如你；而坐在这里运用计谋，你可不如我。”

披荆斩棘

这个故事见《后汉书·冯异传》：“帝谓公卿曰：‘是吾起兵是时簿主也。为吾披荆棘，定关中。’”

东汉王朝的建立者光武帝刘秀，起兵初期势力单薄，参加者生活非常艰苦，有些人因此而离他而去。但曾任主簿的冯异却毫不动摇，坚持战斗，从不叫苦。

一次，刘秀带队伍路过饶阳的芜蒌亭（今属河北），又饥又冷，军士们都支撑不住。晚上，冯异设法煮了一大锅豆粥让大家吃，饥寒顿时消除。后来队伍来到南宫县，遇到大风雨，上上下下的衣服都被雨水淋湿，大家冻得直打哆嗦。就在众人难以忍受的时候，冯异又设法找来一些柴草，点起火让大家烤干衣服，暖和身体；又为大家煮了麦饭，填饱肚子。冯异在艰难处境中做的这两件事，给刘秀留下了难以忘怀的良好印象。

公元 25 年，刘秀做了皇帝后，派冯异平定关中，冯异很好地完成了任务。当时有人向刘秀上书，劝他提防冯异权重谋反。刘秀不仅不信，反把所上的书送给冯异看，并要冯异不必疑心、害怕。

公元 30 年，冯异从长安来到京城洛阳朝见光武帝。光武帝指着他向满朝公卿大臣说：

“他便是我起兵时的主簿，曾为我在创业的道路上劈开丛生的荆棘，扫除了重重障碍，又为我平定了关中之地!”

朝见结束后，光武帝赐给冯异许多金银财宝，还写了一封信给他。信中说：

“我还时时记着当年将军在芜蒌亭端给我的豆粥，在南宫县递给我的麦饭。这些深情厚意，我至今还未报答呢!”

披裘负薪

语出汉·王充《论衡·书虚》：“延陵季子出游，见路有遗金。当夏五月，有披裘而薪者。季子呼薪者曰：‘取彼地金来！’薪者投镰于地，嗔目拂手而言曰：‘……吾当夏五月，披裘而薪，岂取金者哉！’”

披裘负薪

春秋时候，吴国延陵郡的季子有一次出外游玩，看见路上有别人失落的金子。

这时，正当是炎热的五月天，迎面却来了一个身披裘皮衣的樵夫。于是季子大声呼喊道：“打柴的，那里有金子，快去取了来！”

谁知打柴的听了把手中镰刀往地上一摔，瞪眼睛摇摇手说：“你身居高位，仪貌端庄，为什么把别人看得那么低下，出语如此粗野呢！我盛夏五月打柴都穿着裘皮衣，难道是个取不义之财的人吗？”

季子被当头一棒，当即表示歉意，并要请问姓字。

打柴人说："你是个徒有其表的人，不值得告诉你姓名。"说完，头也不回地离开了。

势如破竹

这个成语见《晋书·杜预传》："今兵威已振，譬如破竹，数节之后，无复著手处也。"

杜预，字元凯，是西晋一位著名的将领，就在他被封为镇南大将军、都督荆州军事后不久，他又向晋武帝建议出兵彻底消灭吴国。晋武帝犹豫未决，便召集大臣们一起商议，结果有不少大臣表示反对。他们认为吴国是一个强敌，加以当时正值盛暑，河水泛滥，很容易发生瘟疫，对不适应在泽沼地区打仗的北方士兵来说，是很不利的，不容易取胜。因此他们建议等到明年春天再发兵，那时才有比较大的取胜把握。可是，杜预却坚持自己的主张，他说："战国时代的燕国大将乐毅，在洛西一战，一口气攻下了齐国70多座城池，这除了指挥有方以外，主要是士气旺盛；而现在我们已经灭掉了蜀国，将士的士气正在旺盛的时候，在这样的情况下发兵去攻打吴国，就像是劈竹子一样，等劈裂几节以后，剩下的便会迎刃而解，而不会有任何阻碍了。”

晋武帝听了，同意了杜预的意见。于是，杜预立刻出兵，他在不到十天的时间里，攻占吴国的许多城池，还俘虏了吴国都督孙歆和文武高级官员二百多人。接着，杜预率大军势如破竹地向吴都建业进发，很快攻下了建业，灭掉了吴国。

歧路亡羊

语出《列子·说符》：“杨子之邻人亡羊……杨子曰：‘嘻！亡一羊何追者之众。’邻人曰：‘多歧路。’”

一天，杨子的邻居家逃失了一只羊。失主很焦急，请许多亲友去寻找。过了一会儿，他来找杨子请求说：

“先生，我想请您家的仆人帮助我去找羊。”

杨子了解情况后，奇怪地说：“逃失了一只羊，竟要派这么多人去寻找，真是小题大做！”

那邻居苦笑着解释说：

先生您听我说，村子外有几条岔路，人少了是不行的。”

杨子无奈，只好叫仆人帮他去找羊。过了一段时间，邻居及其亲友、杨子的仆人等都来到杨子家。杨子问他们：

“羊找到了没有？”

邻居垂头丧气地表示没有找到。杨子惊奇地问：

“你们这么多人寻找，怎么还会找不到的呢？”

邻居说：“出村子上了大路后，有几条岔路，岔路中还有岔路。越走远，岔路就越多，简直像蜘蛛网一样。所以即使这么多人寻找，到后来也弄不清楚羊究竟是从哪条岔路上逃走的。”

杨子听后没有说话，但神色严肃起来，并带有忧伤的成分。他的学生不解，问他道：

“先生，一只羊不值多少钱，再说逃走的那只羊也不是先生家的，您为什么要如此忧伤呢？”

杨子听了仍然没有说话。有个学生把这件事告诉了一位名叫心都子的学者，他解释说：

“岔路太多了，所以羊容易逃失。同样的道理，读书人因学说不一致而找不到真理，以致误入歧路，一无收获！”

明珠暗投

语出《史记·鲁仲连邹阳列传》：“臣闻明月之珠，夜光之璧，以暗投人于道路，人无不按剑相眄者，何则？无因而至前也。”

汉景帝即位后，没有马上立太子。他的弟弟梁孝王很想自己有朝一日能继承皇位。为此，他常和亲信羊胜、公孙诡两人秘密策划，如何收买朝廷权臣，如何刺探宫中隐事，甚至密谈如何在必要时发动政变。

梁孝王有个门客，名叫邹阳，他是一个很有才学的人。梁孝王想利用他的文名提高自己的声誉，所以把他收在门下。邹阳听到梁孝王经常与羊胜等密谋这类事，便几次向梁孝王晓以利害，劝说他不要轻举妄动，造成祸害。羊胜、公孙诡对他很疑忌，怂恿梁孝王将他投入了监狱。

邹阳知道自己受到了诬陷，便在狱中给梁孝王写了一封信。信中引用了许多史实，来说明自古以来忠臣义士无辜受屈的事是很多的，他不过是其中之一罢了。信中给人印象最深刻的是下面这段话：

“我听说世间最罕见的宝物是明月珠和夜光璧。如果暗中把它们投在路上，人们都会按着剑、斜着眼看它，而不敢去拿。这是因为谁也不知道它突然出现的原因。”

这段话的含意是，如果没有亲信帮你说话，即使你提出了很好的意见，也不会受到重视，还有可能惹出祸来。梁孝王看懂了信里隐含的意思，立即释放了他。

不久，景帝采纳了大臣爰盎等的建议，立了太子。孝王恨爰盎坏了他的事，便派刺客去刺死了爰盎。景帝料想是梁孝王指使的，便接二连三派使者去责问他，并要他交出主谋抵罪。梁孝王被逼得无法，只好迫令羊胜、公孙诡自杀。但使者还是要追查下去。最后，梁孝王还是请邹阳进京活动，请受景帝宠爱的王美人向景帝讨情，这件事才不了了之。

忠言逆耳

这个成语出自《史记·留侯世家》：“且‘忠言逆耳利于行，毒（良）药苦口利于病’，愿沛公听樊哙言。”

忠言逆耳

公元前204年，刘帮率大军到咸阳后，进入秦宫探看。但见宫室华丽，各处宝物不计其数，都是他从未见到过的。每到一处，许多美丽的宫人向他跪拜。他越看越感到新奇，兴味也越来越浓。于是，打算就住在宫内享受一番。

刘邦的部将樊哙发现刘帮要住在宫中，问他说："沛公（指刘邦）是想有天下呢，还是只想当一个富家翁呢？"

刘邦回答说："我当然想有天下。"

樊哙真诚地说："臣进入秦宫里，见到里面的珍奇财宝不可胜数，后宫中美人数以千计，这些都是导致秦朝灭亡的东西啊。望沛公迅速返回灞上，千万不要留在宫中。"

刘邦对樊哙的劝谏不以为然，还是准备住在宫中。

谋士张良知道这件事后，对刘邦说："秦王无道，百姓造反，打败了秦军，沛公才能来到这里。您为天下除掉害民的暴君，理应克勤克俭。如今刚入秦地，就想享乐。俗语说：'忠诚正直的劝告往往不顺耳，但有利于行为；含毒的药吃的时候很苦，但有利于疾病。'望沛公听从樊哙的忠告。"刘邦听了，终于醒悟过来，马上下令将府库封起来，关掉宫门，随即率军返回灞上。

咄咄怪事

这个故事见南朝·宋·刘义庆《世说新语·黜免》："殷中军被废在信安，终日恒书空作字，窃视，惟作'咄咄怪事'四字而已。"

东晋时，有个人出身豪门贵族，名叫殷浩。他爱好玄学，擅长论谈，年轻时就很出名，但就是不肯出来当官。后来，他被推荐为建武将军，扬州刺史。他再三推辞，朝延不同意，只好赴任就职。

殷与当时的大将桓温闹矛盾，大臣王羲之劝他说，大敌当前，应以国事为重，主动与桓温讲和，但他不听。

后来，殷浩被任命为中军将军，统率五州军事，并领兵北伐。他屡战屡败，桓温乘机上书朝廷对他进行攻击。结果，他被废为平民，流放到信安去。

殷浩当平民百姓，从来不说一句抱怨的话，整天无忧无虑地读书、吟诗，似乎什么事也没有发生过。但他有个很怪的习惯，整天用手指在空中作写字的模样。旁人暗中观察，他写的老是“咄咄怪事”四个字，它的意思是令人惊讶的怪事情。旁人这才知道，他是借这个办法，来表示心中的不平。

罗雀掘鼠

《新唐书·张巡传》：“至罗雀掘鼠，煮铠弩以食。”

公元755年冬，深受唐玄宗李隆基信任的范阳等三镇节度使安禄山，突然起兵叛乱。他的十五万大军迅速南下，击败唐军，很快攻下东都洛阳。雍丘县令令狐潮以为要改朝换代了，竟然擅自离城，去向叛军求降。

就在这危急时刻，真源令张巡主动招募壮丁，组织一支两千人的军队，突然向雍丘发起进攻。待到令狐潮求降归来，雍丘已在张巡的控制之下，令狐潮的妻儿已被杀死。令狐潮极度愤怒，便去调集了四万叛军，前来攻打雍丘。

张巡以有限的兵力，对付强大的叛军，坚守雍丘六十天，始终未向叛军屈服。

后来，雍丘东面的睢阳也受到叛军的攻打，睢阳太守许远派人向张巡求援。张巡考虑到睢阳的地位比雍丘重要得多，决定放弃雍丘，移兵睢阳与许远会合，并毅然担当起守卫睢阳的重任。

两城能战的兵力合起来不过六千余人，而叛将尹子奇率领的大军达十三万人，双方力量极为悬殊。但张巡毫不畏惧，激励士卒勇敢杀敌，半个月就消灭叛军二万余人。

尽管官军奋勇杀敌，但尹子奇能不断补充人马，而官军得不到补充。因此，官军的处境非常危急。一天，张巡在城头巡视，发现敌军中有几个骑马的将领，但不知其中谁是尹子奇。于是他想出一条计谋：将一根苇杆削成箭，向敌阵射去，然后仔细观察动静。

但见一个叛兵拾起用苇杆削成的箭，向一个将领报告，意思是官军箭已用完，在用苇箭代替。那将领当即取过苇箭观看，其他将领都向他围拢过去。张巡马上断定，那取过苇箭的定是尹子奇，就命在旁的部将南霁云对准他射箭。那人果然是尹子奇，当即被南霁云射伤。叛军为了救护尹子奇，仓皇撤走，睢阳的军民也得到了暂时喘息的机会。

但是好景不长，过了两个月，尹子奇又率军来攻，兵力也增加了好几万。这一回他采取长期围困的策略，在城外掘了三重深壕，准备困死睢阳军民。

睢阳城里的粮食很快吃光，饿死的士兵越来越多。到后来，能守城的只剩下六百多人。张巡和这些能活下来的，都伤病在身，疲乏不堪。这时，一切能填肚子的东西都填进了肚子，饥饿的威胁越来越严重。于是张巡又下令张网捕麻雀，掘洞捉老鼠，并把兵器上的皮革解下来煮了吃。

尽管如此，仍然没有人投降叛军。最后由于粮尽援绝，睢阳城终于被叛军攻破，张巡、许远等壮烈牺牲。

图穷匕见

语出《战国策·燕策三》："轲既取图奉之，发图，图穷而匕见。"

战国末期，燕国的太子丹曾在秦国作人质。秦王嬴政（即后来的秦始皇）很瞧不起他，也不放他回国，后来让他回国，又在途中设计害他。因未得逞，他才得以回到燕国。这时，秦国实力强盛，不久攻灭了韩、赵两国，接着又向燕国进军。为此，太子丹决定派人去行刺秦王，以期扭转局势。

太子丹物色到一位勇士，名叫荆轲。他擅长剑术，是行刺秦王的最好人选。为了使荆轲能接近秦王，特地为他准备了两样秦王急于想获得的东西：一是从秦国叛逃到燕国的将领樊於期的头颅，二是燕国督亢地区（今河北涿县东）的地图，表示燕国愿将这块方献给秦国。

这两样东西分别放在匣子里。行刺秦王的匕首，就放在卷着的地图的最里面。此外，还为荆轲配了一名助手，此人叫秦舞阳。临行时，太子丹等身穿丧服，将荆轲送到易水边。

秦王得知燕国派人来献两样他最需要的东西，非常高兴。在都城咸阳宫内隆重接见。荆轲捧着装有樊於期头颅的匣子走在前面，秦舞阳捧着装有地图的匣子跟在后面。

秦舞阳在上台阶时，紧张得双手颤抖，脸色变白。荆轲赶紧作了解释。并按秦王的要求，接过秦舞阳手里装有地图的匣子，当场打开，取出地图，双手捧给秦王。秦王慢慢展开卷着的地图，细细观看，快展到尽头时，突然露出一把匕首。荆轲见匕首露现，左手抓住秦王衣袖，右手举起匕首便刺。

但是，荆轲并未刺中秦王。秦王急忙拔剑自卫，却又一时拔不出来。于是两个绕着柱子转。卫兵因没有秦王命令，不敢擅自上前。

就在这紧张的时刻，秦王的侍臣突然将衣袋抽打荆轲，并向秦王喊叫把剑推到背后拔出。秦王顿时醒悟过来，迅速拔出剑来，一剑砍断了荆轲的左腿。荆轲倒地后，将匕首投向秦王。结果未中，被拥上来的卫兵杀死。

物以类聚

语出《周易·系辞上》：“方以类聚，物以群分。”宋·普济《五灯会元·卷三十九·温州护国饮禅师》：“有句无句，明来暗去；活捉生擒，捷书露布；如藤倚树，物以类聚。”

战国时，齐国有个很聪明的人，名叫淳于髡。他身材比较矮小，为人滑稽，屡次出使诸侯国，从未受过屈辱。齐威王死后，齐宣王继位。宣王要招纳贤士，让淳于髡推举人才。淳于髡在一天之内，就向宣王推举了七位贤能之士。宣王感到惊讶，向淳于髡招招手说："你过来，我有话对你说。我听说人才是很难得的，方圆千里之内能选出一位贤士，那就好像贤士多得肩并肩站着一样了；百年之中出现一位圣人，那就好像圣人多得一个跟着一个来了。现在，你一天之内就推荐了七位贤士，不是太多了吗？"

淳于髡回答说："不能这么说。要知道，同类的鸟儿总是在一起聚居，同类的野兽总是在一起行走。到水泽洼地里去寻找柴胡、桔梗这类药材，永远也找不到一点；而到睾黍山、梁父山的背面去寻找，就可以成车地装载回来。这是因为，同类事物相聚在一起。我淳于髡也可以算是贤士吧，您到我这儿来寻找贤士，就好比河里去汲水、用火石去打火那样容易。我还可以给您再推荐一些贤士呢，何止这七个！"

金石为开

语出晋·葛洪《西京杂记》，子云曰：“至诚则金石为开。”

汉朝初，北部的匈奴不断南下骚扰。名将李广奉命抗击匈奴，一生几乎全都在北方度过。他从小练就一副好臂力，射箭百发百中。他在北方任太守几年，匈奴就不敢南下一步，既怕他又敬重他，称他为“飞将军”。

有一次，李广到冥山南麓打猎，忽然发现草丛里伏着一老虎，马上张弓搭箭，全神贯注猛力地将箭射去。但那只老虎丝毫不动，又过了一会，那老虎还是没有动弹。于是，李广小心翼翼地过去观察。

李广走近一看，原来草丛中伏的不是老虎，而是一块像老虎的大石头。再看那箭，箭头和箭尾上的羽毛都已深深射入石头之中。他觉得奇怪，不相信自己有那么大的力气，竟把箭射进了石头。于是退后一段距离，再张弓搭箭，猛力将箭向石头射去。一连几箭，都未能射进石头。近前观看，这些箭有的箭头破碎，有的箭杆折断。这才知道，再也无法射进石头了。

过了许多年，人们对这件事还感到很神奇，便去向学者扬雄请教。扬雄回答说："只要诚心诚意，那么即使是像金属和石头那样坚硬的东西，也会被打开的。"

金屋藏娇

这个成语故事见汉·班固《汉武故事》："（胶东王）数岁，长公主嫖抱置膝上，问曰：'儿欲得妇不？'胶东王曰：'欲得妇。'长公主指左右长御百余人，皆云不用。末指其女问曰：'阿娇好不？'于是乃笑对曰：'好，若得阿娇作妇，当作金屋贮之也。'"明·释澹归《风流子·上元风雨》："素馨田田半路，当年梦，应有金屋藏娇。"

刘彻是汉景帝刘启的儿子。四岁时被封为胶东王。刘彻小时候长得聪明伶俐，活泼可爱，宫中人人都喜欢他。

一天，风和日丽，百花争艳，十几位宫女、内侍陪着胶东王刘彻在后花园玩耍。陪着刘彻玩耍的还有他的姑母长公主刘嫖，她已二十多岁，长得如花似玉，已经

草菅人命

出嫁了。刘彻和姑母关系比较好，喜欢和她在一起玩耍。他们玩捉迷藏、扑跌戏等游戏之后，正在休息之时，长公主刘嫖将刘彻抱在膝上问道：

“孩子，你想不想要个媳妇？”

“想要啊！”刘彻回答道。

长公主指着身边左右艳丽的宫女，问道：

‘你看，这么多人，相中哪一个了，谁当你的媳妇？”

“不要，不要，”刘彻急忙回答道：“我一个都没相中。”

长公主有一个爱女名唤阿娇，只有三四岁，长得像一朵花似的美丽，今天也领来游玩。公主最后指着她的女儿，问道：

“你看阿娇怎么样？能不能做你的媳妇？”

“好！”刘彻高兴得手舞足蹈起来道：“我要是能得到阿娇作媳妇，就造一幢华贵富丽的金房子，将她藏在里面。”

金城汤池

语出《汉书·蒯通传》：“皆为金城汤池，不可攻也。”

秦朝末年，陈胜、吴广率领起义军建立了张楚政权。接着，陈胜派武信君武臣带领一支义军进攻燕、赵之地。武信君进攻的第一个目标是范阳县城。

在这样的形势下，有个名叫蒯通的人求见范阳县令徐公，对他说：“我是本县的一个平民，知道你快要死了，特地前来吊唁。不过，我也要向你祝贺，因为你今天接见了我，我可以使你新生。”

徐公听了蒯通的话，有点莫名其妙，说：“先生，你说得太玄了，我听不懂什么意思。”

蒯通听了，哈哈一笑，说：“徐公，你在范阳当了十多年县令，受过你严刑拷打甚至被拷打致死的人，多得不计其数。他们本人及其亲属早就想找你报仇了，只是因为秦朝的法律非常严酷，他们才不敢对你怎么样。现在天下大乱，陈胜王已派武信君率兵向范阳压来。城里的百姓如果乘机向你进行报复，你的头颅就保不住了。所以我才提前来向你吊唁呀！”

徐公听后觉得有道理，说：“先生，你讲得很有道理，现在局面确实很严重。那你使我新生的方法又是什么呢？”

蒯通接着说：“我虽然不是一个很有学识的人，但听说武信君礼贤下士，他一定会派人来向我请教平定燕、赵的策略。我打算这样对他说：用流血的战争来攻城掠地，并不是好办法。如果你采取我的计策，则用不着损失一兵一卒，只要发一个文告，便可以平定千里之地。现在，范阳县令徐公准备献城向你投降，如果你不接受他的投降，杀了他，那么燕、赵之地各城的守将都会知道，献地投降是要死的，他们就一定会死心塌地坚守城池。如果那样的话，他们的城墙就会变得像金属铸造的那样坚固，护城河也像灌满了滚汤的开水一样不可逾越，你的军队就攻不进去了。依我之见，你不如接受范阳徐公的投顺，给他丰厚的赏赐，让他坐着华丽的马车，在燕、赵之地兜兜风。燕、赵之地的守将们得知，范阳徐公投顺之后比过去更荣华富贵，便会争先恐后地向你投顺。那时，你只要发布一个文告，就可以平定千里之地了。”

徐公听了蒯通的这番话，说：“你说得对极了，使我茅塞顿开，太谢谢你了！”

于是，徐公马上用车送蒯通去见武信君。武信君听了蒯通的话，果然马上采纳他的策略，立即派出庞大的车队接受徐公的投顺，并给了他丰厚的赏赐。

不久，这个消息传遍燕、赵之地。结果，有三十多座城池的守将投降。武信君很快就平定了燕、赵之地。

贪天之功

这个故事出自《左传·僖公二十四年》：“窃人之财，犹谓之盗，况贪天之功，以为己力乎！”

晋国公子重耳流亡在外十九年后，终于回国夺得政权，他就是晋文公。为了报答有功之臣，晋文公对那些跟随他流亡的人论功行赏，给了许多优厚的待遇，可是，却把介之推给忘了。介之推既没有得到赏赐，也没有得到提拔。

其实，介之推的功劳是很大的。在重耳流亡期间，介之推一直跟随他，对他照顾得无微不至。在挨饿的时候，介之推甚至把自己大腿上的肉割下来给重耳煮汤吃。

介之推是个很有气节的人，他对没有得到重耳的封赏，毫不介意，甚至认为自己根本就不该受赏。重耳回国之后，他就假称有病，回家隐居，侍奉老母，甘守清贫，宁愿编草鞋为生，也不去图谋禄位，并且说："献公九个儿子，只有国君在世。上天不绝晋国，必定会指派主人。主持晋国祭祀的人，不是国君又是谁？所以，这实在是上天立他为君的。可是，那些跟随他流亡的人却以为是自己的力量，这不是在骗人吗？偷人家的财物尚且要被称为盗贼，更何况贪取上天的功绩，把它当作自己的力量呢！下面的人把罪过当成合理，上面的人对欺骗加以赏赐。上下相互蒙蔽，这就难以相处了！"

贪生怕死

这个成语见明·罗贯中《三国演义》：“贪生怕死之徒，不足以论大事。”

西汉末年，刘立继承梁国的王位后，荒淫暴虐，鱼肉百姓，并不把地方官员放在眼里，为所欲为。

成帝死后刘欣即位，史称汉哀帝。刘立更是不把朝延放在眼里，又任意杀害下属中郎曹将等人。

哀帝大怒，派延尉等高官去梁国查办此案。刘立装病不见。于是办案官员传讯梁国大臣，指责刘立不思悔改，对抗朝延，并透露风声说，圣上将下令收回梁王印玺，将他逮捕下狱。

直到这时，刘立才感到事态严重，赶紧脱去王冠，跪在地上请罪。他把自己犯罪的原因归之于幼年失去双亲，在宫中与宦官、宫女相处，染上了不良习气；加上左右大臣搬弄是非，常把他一些细小的过失传到朝中，以至圣上对他不满。

接着，他又可怜巴巴地说：“这回我杀了中郎曹将，确实罪不容赦，但是现在腊冬快过去，新春大赦就要到来。由于我贪恋生存，畏惧死去，所以假装生病，并非是故意对抗朝廷。这样做是希望侥幸拖到明春等待大赦。”果然，到了第二年春天，哀帝大赦天下，刘立又一次逍遥法外。但是，刘立还是没有好下场：后来王莽篡权，刘立被废为平民，不久自杀身死。

夜郎自大

语出《汉书·西南夷传》：“滇王与汉使言：‘汉孰与我大?’及夜郎侯亦然。各自以一州王，不知汉广大。”清·曾朴《孽海花》二十四回：“夜郎自大，我国若不大张挞伐，一奋神威，靠着各国的空文劝阻，他哪里肯甘心就范呢!”

夜郎国的故址在贵州西部地区，娄山关东北二十里的地方，在西南六十多个部族中还算是较大的一个。国内四面环山，交通不便。夜郎的国王姓竹名多同，相传有一个女子在河边洗衣服，忽然看见水面上飘过来三节大竹子，并听到竹子里还有小孩子的哭声，赶紧把竹子捞起剖开，果然是一个男婴，于是便抱回去抚养。他长大以后，既有才学，又有武艺，后来做了夜郎国王，就姓竹。

唐蒙见了夜郎国王后，便向他转达了朝廷意愿，以封侯和把他儿子作为郡守为条件，并赠送了华丽的绸缎等礼物，提出改夜郎为郡县。由于国王从未离开过自己的国土，也不知外界的情形，所以一直认为自己的地域广大，便问使者："汉朝和我们相比，哪个大?"当使者告诉他说汉朝有十三个州府，每个州府又有许多县，夜郎的国土只有汉朝一个县那么大。夜郎国王才同意改为汉朝的郡。

夜以继日

语出《孟子·离娄下》："周公思兼三王，以施四事，其有不合者，仰而思之，夜以继日；幸而得之，坐以待旦。"

周武王去世后，他的儿子姬诵继承了王位，称周成王。成王继位时只有 13 岁，由他的叔父周公姬旦辅佐朝政。

周公姬旦是西周杰出的政治家。他在哥哥姬发领导的攻伐殷商的事业中，起了很大的作用。担起辅佐朝政的重任后，他

举棋不定

忠于职守，为巩固周王朝的统治呕心沥血。不论是在吃饭或是在做私人的其他事情，只要一有公事，他就立即停下来干公事。立国之初，政局还不很稳定。有些贵族猜忌他，在成王面前造谣，说他有篡位的野心；还有的兄弟和纣王的儿子武庚勾结起来，发动武装叛乱。此外，东方的夷族也乘机作乱。但周公姬旦坚韧不拔，遵照武王的遗志办事。他消除了成王的误解，击败了武庚的叛乱和夷族的反抗，制定了礼法和刑律，继续分封诸侯，并建筑洛邑，设立了东都。

孟子十分推崇他为国操劳不辞辛苦的精神。说："周公想兼学夏、商、周三代开国君主的贤德，来把周朝治理好。如果有不适合于当时情况的，他就抬起头来想。

白天想不好夜里继续想，等想出了好的办法，便坐着等待天明，马上去施行。”

刻舟求剑

语出《吕氏春秋·察今》：“楚人有涉江者，其剑自舟中坠于水，遽契其舟曰：‘是吾剑之所从坠。’舟止，从其所契者入水求之。”

战国时，楚国有个人坐船渡江。船到江心，他一不小心，把随身携带的一把宝剑掉落江中。他赶紧去抓，已经来不及了。

船上的人对此感到非常惋惜，但那楚人似乎胸有成竹，马上掏出一把小刀，在船舷上刻上一个记号，并向大家说：

“这是我宝剑落水的地方，所以我要刻上一个记号。”

大家都不理解他为什么这样做，也不再去问他。

船靠岸后，那楚人立即在船上刻记号的地方下水，去捞取掉落的宝剑，捞了半天，不见宝剑的影子。他觉得很奇怪，自言自语说：

“我的宝剑不就是在这里掉下去吗？我还在这里刻了记号呢，怎么会找不到的呢？”

至此，船上的人纷纷大笑起来，说：“船一直在行进，而你的宝剑却沉入了水底不动，你怎么找得到你的剑呢？”

其实，剑掉落在江中后，船继续行驶，而宝剑却不会再移动。像他这样去找剑，真是太愚蠢可笑了。

《吕氏春秋》的作者也在写完这个故事后评论说，这个“刻舟求剑”的人是“太愚蠢可笑了”！

卷土重来

语出唐·杜牧《题乌江亭》诗：“江东子弟多才俊，卷土重来未可知。”

秦朝灭亡后，项羽和刘邦为了争夺天下，开始了长达四年的争战，历史上称为“楚汉相争”。

当时，项羽手下一支最精锐、也最受他依赖的部队，是他和叔叔项梁在吴中一带组织的八千子弟兵。这些子弟中有许多是他们的好朋友，十分勇敢善战。项羽就是以这八千精兵为基础，逐渐发展成一支强大的队伍的。

根据当时的形势来看，项羽兵力强于刘邦，本来可以打败刘邦的，但他没有知人之明，刚愎自用，轻敌骄傲，结果在垓下中了刘邦的手下大将韩信的埋伏，吃了一个大败仗，手下的十万楚兵死的死，逃的逃，最后只剩下八千江东子弟兵守着他。

项羽在四面受敌的情况下，带着江东子弟兵突围，往南逃到了乌江。这时，前有浩瀚的乌江，后有韩信的追兵，而他的身边，只剩下二十八人了。在这危急的情况下，乌江亭长撑着一只渡船靠岸，对他说："江东虽小，但仍有千里之地，还可以在那里称王，现在只有我这里有船，你赶快过江，汉军就是追到，也是无法过江的。"

可是项羽不肯上船，他苦笑着说："这是老天叫我死，我怎么能渡江而走呢？况且当初我带领江东八千子弟渡江西进，如今没一个人活着回去。即使江东父老可怜我、宽恕我，我有什么脸去见他们呢？"

说完，他把自己的乌骓马送给亭长，表示谢意。当汉军赶到，项羽又连杀数十人，才在乌江边自刎而死，年仅 31 岁。

后来，唐朝诗人杜牧有一次来到项羽自杀的乌江边，想起项羽和他八千子弟兵的英勇和失败，十分感慨，为项羽惋惜，认为项羽当时如渡江而去，也许还会卷土重来，于是在乌江亭上题了一首诗，其中有两句是："江东子弟多才俊，卷土重来未可知。"

指天画地

"指天画地"成语出自《后汉书·侯霸传》。侯霸字君房，出身于名门，矜严有威容。他立志好学，不爱经营产业。王莽初年，他曾做随县县令由于治政有方，到了建武四年（公元 28 年），汉光武帝刘秀封他为尚书令。从此侯霸更是潜心研究先前的法律，凡是他认为有益于社会的，一概收录，然后奏请皇上实施。侯霸死后，刘秀亲写吊书，颇为感伤。后光武帝令沛郡太守韩歆接替侯霸职位。韩歆官至大司徒。

韩歆是个武将，性情耿直，，说话从不避讳，说出话来，常常使汉光武帝难以忍受。他一见光武帝读隗嚣、公孙述等传记书时就说亡国之君都有才能，连桀、纣也是很有才的。光武帝听后心里很不舒服，认为韩歆有意旁敲侧击。有一次，韩歆举出了许多例证说来年将有饥荒。他指天画地，慷慨直言。这下惹恼了光武帝，被罢官返乡。虽然这样，光武帝仍不解恨，又派使者前往宣诏，对韩歆严加指责。韩歆觉得难以做人，便与儿子韩婴一道自杀了。事出之后，光武帝为了平息众人之怒，又用厚礼埋葬了韩歆父子。

“指天画地”形容说话过于兴奋，言词激切，毫无顾忌。后亦形容说话放肆，目中无人。

相敬如宾

“相敬如宾”成语出自《左传·僖公三十三年》。

春秋时期，晋国大夫臼季在出使途中，经过冀国时发现一个名叫冀缺的人在田地里锄草，他的妻子给他送饭吃，非常恭敬，相互间就像客人一样。臼季对这件事很感兴趣，就和冀缺一起回到晋国，臼季对晋文公说：“恭敬，是很有德行的表现；能恭敬必有德行。要以德行来教育百姓，请君王重用冀缺。我还听说：出门如像在会见宾客，承担事情如参与祭祀，这是具有仁德的准则。”晋文公说：“他的父亲（冀芮）是有罪的人，这样能行吗？”臼季说：“舜帝曾因鲧有罪而流放了他，但举拔了有才干的鲧的儿子禹；管仲曾是齐桓公的敌人，但桓公即位后任用为国相，并且成就了霸业。……只要重用他的长处就可以了。”最后，晋文公任用冀缺为下军大夫。

相敬如宾

后人将“敬，相待如宾”变化为“相敬如宾”成语，比喻夫妻之间相互尊重。

相得益彰

这个成语故事出自《史记·伯夷列传》。相得：互相配合、映衬；益：更，更加；彰：明显，显著。

《伯夷列传》是《史记》七十篇列传中的第一篇。本篇传记以议论为主，叙事为辅。文中简要的记述了孤竹君（孤竹，国名，传说为商汤所封，在今河北卢龙）的两个儿子伯夷和叔齐互相让位而逃，最后不食周粟，饿死首阳山上的事迹，歌颂了他们注重节义的品德，同时说明伯夷、叔齐之所以能闻名后世，与孔子的称颂有直接关系。

孔子在《论语·公冶长》、《论语·述而》中，对伯夷都有过很高的评价和赞颂。孔子说：

伯夷、叔齐，不念旧恶，怨是用希。

求仁得仁，又何怨乎？

意思是说，伯夷、叔齐不记别人过去的仇恨，所以他们的怨恨情绪很少。这是因为他们的目的是在求仁，而得到的正是仁，又有什么可怨恨的呢？

司马迁在《史记·伯夷列传》中，写道：

伯夷、叔齐虽贤，得夫子而名益彰，颜渊虽笃学，附骥尾而行益显。

骥：千里马；附骥尾：比喻追随贤人之后。意思是：伯夷、叔齐虽是贤德，也只是得到孔子的赞誉后名声才更加显赫；颜渊虽然专心好学，也只是因为他追随孔子，德行才更加显著。

后来，从上面这段话中就引出“相得益彰”这个成语，用来比喻两者相互协调、配合，就能使双方的长处和优点更为显著、突出。

草菅人命

“草菅人命”成语出自《汉书·贾谊传》。

贾谊，洛阳人，汉文帝时的著名文学家。汉文帝曾聘他为博士；还担任过太中大夫。因遭到忌妒、排挤，被调往长沙，为长沙王的太傅（即老师）。因贾谊有才学，后来汉文帝又把他调回京，当梁怀王刘揖的太傅。刘胜是文帝的小儿子，文帝特别宠爱他，打算将来让他继承皇位，所以特请贾谊来教他。

可是，贾谊认为对皇子不仅要教他读书，而且更要教他如何做人。假使像秦末赵高那样教秦二世胡亥（秦始皇儿子），所教的是严刑酷狱，所学的不是砍头割鼻子，便是满门抄斩和夷三族，结果胡亥一即位就乱杀人，视杀人轻如割茅草一样。这难道因为胡亥天生的就是一个恶魔吗？不是的，教育他的人没有教他走上正道，这是个很大的原因。后来梁怀王刘胜不小心从马上摔下来死了，贾谊自觉身为老师失职，常常悲痛流泪，不几年也忧郁而死。

后人根据“其视杀人，若刈草菅然”演化出“草菅人命”成语，揭露批评统治者把人命视同草菅，任意迫害、残杀。

南箕北斗

“南箕北斗”成语出自《诗经·小雅·大东》。

西周时期，周王室对东方各诸侯国实行残酷压榨，东方人民苦于赋役，极为不满，于是写了一首诗来表达自己的反抗情绪，这就是有名的《诗经·小雅·大东》。诗共有七节，第四节是这样直言不讳地揭露当时不合理的社会现实：东方诸国的子弟，常年劳累得不堪忍受；而西方周人的子弟，都是衣着华丽，皮裘暖身，甚至连他们的家奴的子弟，都可为官为吏，作威作福。然后诗人又借对天上的南箕和北斗星的描写，来说明不合理的现象到处都存在：“维南有箕，不可以簸扬；维北有斗，不可以挹酒浆。”意思是：南方的形如簸箕的箕星并不能用来簸扬谷糠；北方的状似长柄斗杓的斗星，也不能用来舀酒浆。

后人根据这四句诗，概括出“南箕北斗”作成语，用以比喻有名无实。

甚嚣尘上

“甚嚣尘上”由“甚嚣，且尘上也”简化而来，意思

甚嚣尘上

是人声喧嚷，尘土飞扬。“甚嚣”，喧嚷很厉害。语出《左传·成公十六年》。

公元前 575 年，郑国背叛晋国，倾向楚国，晋国出兵讨伐郑国。郑国向楚国救援，楚国兴兵援郑。一场大战即将开始。晋师渡过黄河，听到楚兵将至，有些将帅犹豫，想退兵，有的反对。不久，两军相遇于鄢陵，双方摆开阵势，严阵以待。

楚共王登上战车之顶嘹望晋军阵容，令尹（官名）子重命令太宰（官名）伯州犁（从晋国投奔过来的）守立王的身后。王问：“（晋军）车子向左右驰骋，这是为什么呢？”懂得晋军战法的伯州犁回答道：“它是在召集军吏。”王说：“都集中到中军了。”伯州犁说：“这是合起谋划。”王说：“帐幕都张开了。”伯州犁说：“这是在先君的神主前虔诚地占卜。”王说：“撤掉帐幕了。”伯州犁说：“即将发布作战命令了！”王说：“喧嚣得厉害，而且尘土都飞扬起来了。”伯州犁说：“这是填井平灶为了方便军事行动。”

随后，晋、楚开战。战争结果，楚国败北。

后人将“甚嚣，且尘上也”简化为“甚嚣尘上”成语，多指反动者的言论非常嚣张，或反动气焰十分嚣张。一般作贬义成语用。

洪水猛兽

“洪水猛兽”由孟子“昔者禹抑洪水而天下平，周公兼夷狄、驱猛兽而百姓宁”的话概括来，以洪水和猛兽来比喻大的祸害。出自《孟子·滕文公下》。

孟轲，是战国时代一位才思敏捷的思想家。他的善于雄辩，在当时就引起了人们的注意。一天，他的学生公都子向孟子问道：“外人皆称老师您好辩论，请问这是为什么呢？”

孟子毫不犹豫地回答说：“我难道很喜欢辩论吗？我是不得已才辩论的呀！”

接着，他就滔滔不绝地大谈起历史来。孟子说：“人类社会产生已是有很长的历史了，但是太平一时，混乱一时。当尧帝的时候，大水到处横流，中原大地泛滥成灾，龙蛇遍地，人无安身之处。生活在低洼处的人们在树上搭巢，生活在高地的人们挖洞居住。

《尚书》说：‘洚水警告我们。’洚水者，洪水也。尧帝命令大禹去治理洪水。禹疏通河道，使水流入大海，将蛇、龙驱往草泽之中，大水沿着河床向下流动，长江、淮水、黄河、汉水都是这样的。危险已经消除，害人的鸟兽已经没有了，然后人民才能平土而安居之。”

后来，孟子在赞扬了古代圣君尧舜、批判了历代暴君之后，赞颂了孔子及其所作的《春秋》，同时又极力地批判了杨朱和墨子的学说，说：“杨朱主张个人第一，就是眼里没有君主；墨子主张兼爱，就是眼里没有父母。眼里没有父母、君主，就等于是禽兽。”孟子引用公明仪的话说：“厨房里有肥肉，马圈里有肥马，可是老百姓的脸有饥色，原野里躺着饿死的尸体，这就是率领着禽兽来食人。”杨朱、墨子的学说不消灭，孔子的学说就无法发扬，这便是荒谬的学说欺骗了老百姓，阻塞了仁义的道路。仁义的道路被阻塞，也就等于率领禽兽来吃人，人与人之间也将互相残杀。

最后，孟子说道：“从前大禹制服了洪水，天下才得到了太平；周公兼并了夷狄，驱逐了猛兽，老百姓才得到了安宁；孔子写出了《春秋》，乱臣贼子才感到了害怕。……我也要端正人心，消灭邪说，反对偏激的行为，驳斥荒谬的言论，来继承大禹、周公、孔子三个圣人的事业。这哪里是喜欢辩论呢？我是不能不辩论的呀！能以言论来反对杨朱、墨子的，才能称做圣人的门徒。”

这里的“率兽食人”，后人也作成语用，形容暴君虐害人民。

举棋不定

“举棋不定”，比喻做事犹豫不决。语出《左传·襄公二十五年》。

公元前548年，卫献公从夷仪派人与宁喜商量复位事情，宁喜同意。太叔文子听到这件事后，说：“啊呀！《诗经》里说的‘我的自身尚不能为人容纳，哪还顾得上我的后代？’宁子可以说是不顾其后代了。这难道可以吗？恐怕是一定不可以的吧。君子的行动，要考虑到结果，要考虑到能够做到。”太叔文子还说道：“现在宁子看待国君不如下棋，他如何能避免灾祸呢？下棋的人举棋不定，是胜不了对手的。而况安置国君都不能决定呢？一定是免除不了灾难了。已经相传了九代的卿族（宁家出自卫武公，到宁喜已九世），一朝被灭亡，太可悲了啊！”

闻雷失箸

“闻雷失箸”出自《三国志·蜀书·先主传》。

东汉末年，豪强并起，北方涿县的刘备也趁乱拉起了队伍。由于徐州牧陶谦等人的推荐，刘备于公元196年（建安元年）领兵驻扎徐州、下邳一带。但不久就被吕布、袁术打败，只好去投奔曹操。曹操知道刘备是一个有胆识的人，即给他以很高的礼遇。但是，刘备却一直胸怀异志。当时，汉献帝刘协由于不满曹操专权，将机密诏令藏在衣带中，要车骑将军董承组织力量诛灭曹操。刘备也是董承联系的对象之一。

正当董承等人密谋策划的时候，有一天曹操来到了刘备的住处。两人一边喝酒一边闲谈。曹操突然问刘备：“你说当今天下谁可以称得上英雄?”刘备故意说：“我看袁绍可以算得上英雄了。”曹操摇摇头，说：“我说，当今天下，只有你我二人可以称得上英雄！袁绍这样的人，根本不配!”刘备最怕的就是曹操知道自己的心思。因此，多少天来，他表面上一直装得庸庸碌碌常常在菜园子里消磨时间，希望曹操把自己看成是一个胸无大志的凡夫俗子。现在，曹操竟当着自己的面，把他说成是英雄，他不觉大吃一惊，连手中的匕箸也吓得掉到了地上。恰巧，这时突然响了一个霹雷。刘备乘机掩饰说：“这声霹雷真响，吓得我把匕箸都失落在地。”

刘备知道曹操对自己的看法后，便决心参加董承等人谋划的诛杀曹操的活动。但尚未等到他们动手，已被曹操发觉，董承、王子服、吴子兰等都被诛杀。只有刘备和在外地的马腾漏网。后来，人们从这个故事引申出“闻雷失箸”这个成语，比喻内心惊慌，巧为掩饰。后亦比喻一场虚惊。

是古非今

“是古非今”成语出自《汉书·元帝纪》。

汉宣帝刘询是在乡下祖母家长大的，他娶村妇许氏生了刘奭，即后来的汉元帝。元帝两岁时，大将军霍光等废昌邑王刘贺，拥立宣帝。元帝八岁时，被立为太子。元帝生性仁弱，见宣帝任用酷吏，经常杀害大臣，便主张起用儒生，多次劝说宣帝。宣帝听后十分气愤，说道：“汉家自有制度，本以王、霸之道杂用，怎么能只用德教来治理天下呢？况且儒生不通时务，喜欢是古非今，常使人在名利上昏乱，不知自己的职责，他们如何能称职？”宣帝还叹息说：“乱我汉家天下者，必为太子。”因此，后来他便渐渐地疏远了太子，而偏爱淮阳王，说淮阳王明察敢用刑法，可以继承皇位。

汉宣帝虽有意让淮阳王取代太子，但因与许氏为多年患难夫妻，最后还是依从了许氏，由刘奭继位。

后人以“是古非今”为成语，表示复古主义。

“是古”，一切都以古代的为标准，古人的东西都是对的；“非今”，现在的东西都不好，都不能作标准。实为错误的认识。

背城借一

“背城借一”出自《左传·成公二年》。“背城”，脊背朝着自己的城池；“借一”，借一战。背向自己的城池，面对入侵之敌，决一死战。与“背水一战”意思相差不多。

公元前589年春，齐国出兵攻打鲁国。卫国和晋国出兵支援鲁国。晋军在鞍地（在今济南市地区）与齐军展开大战。齐军大败。晋军追赶齐军，绕华不注山追了三圈。后来在追途中晋国大将韩厥有意放走了齐顷公。晋、鲁、卫军长驱直入，从丘舆进入齐国，攻打马陉。齐顷公派国佐（官名）宾媚人献土地和玉磬等求和。晋人不同意，提出：要让萧同叔子作为人质，齐国境内的土地田陇全部东向。宾媚人不同意，并引用《诗经》中的诗来与晋人辩论。最后，宾媚人说："你们惠临我国而求福佑，不灭我们的国家，让我们与贵国继续昔日的友好，那么我们对先君的破旧器物、土地是绝不敢爱惜的。如果你们不允许，我们就只好请求招收残余，背城借一。"最后经鲁、卫两国出面调解，到秋天，晋军与齐宾媚人在爰娄结盟，让齐国把汶阳的土地归还给鲁国。鲁成公在上鄍会见晋军高级将领并给予赏赐。

后人以"背城借一"为成语，或比喻决一死战，或表示奋斗到底，坚持到最后等。

侯门如海

“侯门如海”（亦作“侯门似海”）和“陌路萧郎”这两个成语，都出自唐朝范摅编撰的《云溪友议》。

侯门如海

唐朝时候，有一位秀才，姓崔名郊，诗赋和文章都写得很好。在他成名之前，爱上了他姑母家的一个婢女。这个婢女不但长得端庄美丽，而且天赋歌喉，唱歌唱得非常动听。她知道崔郊很有文才，也很敬慕他。这样，两人暗地里经常往来。不久，崔郊姑母家境衰落，便把婢女卖到一个大家府第。崔郊十分想念这个婢女，但一直得不到见面的机会。

有一年清明节，崔郊外出春游，一个偶然的机会，在路上遇到婢女了。当时她站在一株柳树下面，绿色的柳枝衬着她粉红色的衣衫，婢女显得更加美丽可爱。崔郊想走上前去和她打招呼，但是转念一想，她已是显贵家的人了，而且身边还有女伴，不可冒失，便退了回来。那个婢女虽然也发现了崔郊，但除了对他作了一个别人很难看出来的微笑以外，再也不敢有其他表示。这样，两个人也只好远远相望，难以接近。崔郊十分惆怅，随口吟诗一首：

公子王孙逐后尘，

绿珠垂泪滴罗巾。

侯门一入深如海，

从此萧郎是路人。

后来，人们便以“侯门如海”比喻门禁森严，一般人进不去；或因地位不同了，双方疏远了。又以“陌路萧郎”形容情人或好友彼此分离后，竟像过路的陌生人一样不相识了。

信口雌黄

“信口雌黄”原作“口中雌黄”，出自《晋书·王衍传》。晋朝人王衍，自以为读了不少书，便夸夸其谈，最后成了一个有名的清谈家。王衍喜欢老子、庄子的学说，谈的也多半是老庄的思想，鼓吹“无为而治”。在清谈时，王衍往往像一个学者的样子，手执玉柄麈尾，轻声慢语，从容不迫，似乎满肚子都是学问。当时因清谈之风盛行，故王衍自然成为一部分人的崇拜对象。

但是，王衍夸夸其谈的那一套，往往是前后矛盾，漏洞百出。有时听的人当场指出他的错误或提出疑问。可是他却毫不在乎，甚至不加思索，随口更改，一点也不脸红，仍然滔滔不绝地清谈。因此，当时人们都讽刺他是“口中雌黄”。据说，当时人们写字多用黄纸，叫做“黄卷”，写错了字，就用雌黄（即鸡冠石，一种矿物）把错字涂掉，然后改写。因为雌黄与黄纸的颜色差不多，所以涂改后也看不出有什么特别明显的痕迹。因此，人们便把涂改错误的字句叫作“雌黄”。王衍随口更改，被称为“口中雌黄”。

后来，人们将“口中雌黄”发展为“信口雌黄”，形容不负责任地随口乱讲和妄加评论等。

食言而肥

“食言而肥”成语出自《左传·哀公二十五年》。

公元前470年六月，鲁哀公从越国回国，季康子和孟武伯赶到鲁国的五梧去迎接。郭重为哀公驾车，看到季康子和孟武伯二人，对哀公说：“这两人的坏话多得很，请君一一追究。”哀公在五梧设宴招待大家。武伯祝酒，很厌恶郭重，故对郭说：“你为何长得这么肥呢？”季康子接上说：“请罚彘喝酒！因鲁国紧挨着仇敌，所以我没有获得机会跟从君王，得免远行。”季康子又重问了郭重肥的事。哀公说：“这个人吃自己的话吃多了，能不肥吗？”这次酒喝得都不很愉快，而且哀公与大夫们从此互相都产生了恶感。

后人从这个故事中引申出“食言而肥”成语，形容为了占便宜而说话不算数。

独步一时

这个成语故事出自《宣和画谱》卷十一。独步：独一无二，特别突出。

郭熙是北宋中期杰出的山水画家之一，有关他生平事迹的资料不多。据宋代郭若虚所著《图画见闻志》说郭熙是河阳温（今河南孟州市东）人。郭熙作品的题材广泛，据目前现存的作品虽不满二十幅，但在各种文献中所记载的作品，画题不同的就将近一百幅。这些作品中描绘季节和气候特征为主题的如《早春图》、《溪山秋霁图卷》、《关山春雪图》、《秋晚残霞图》、《秋山红树图》、《江村清夏图》、《峨眉雪霁图》、《晴峦图》、《烟雨图》等等，有三十幅以上，约占三分之一。这是我国山水画的优秀传统，也是郭熙绘画的独特成就。他在构图、造境、运用笔墨的技法特点上，都独具风格。在绘画艺术上，他重视向前人学习，从其他前代大师吸取营养，但更重视精研现实，兼收并蓄，勇于创新，综合前人的技法长处，用以表现自己独特的感受。

郭熙不仅是一位卓越的画家，他在绘画理论方面也很有贡献。他主张广泛学习前人，反对局限于模仿一家，并重视深刻理解自然，再进而吸取精华，进行创造；他重视多方面地研究自然，全面地进行观察，掌握它们的特征和规律；他还提出“三远”和“三大”的山水画的构图法则和山水画中山、树木和人的比例关系。这些方面对后世绘画都有很大影响。

综观郭熙在绘画创作和山水画理论两方面的成就，他不愧为一位承前启后的大师。前代评论家对郭熙有过很高的评价，例如与他同时代的郭若虚在《图画见闻志》里称誉郭熙的艺术“今之世为独绝矣”；稍后的《宣和画谱》也说：“论者谓熙独步一时。”意思是称赞郭熙的画超群出众，在当时独一无二，没有人能比得上他。

后来，“独步一时”被引申为成语，用来形容在当时特别突出，独一无二。

骇人听闻

这个成语见于《隋书·王劭传》。

隋朝时有个大臣名叫王劭，他曾在北齐、北周做过官。北齐、北周相继灭亡后，他又被隋文帝杨坚看中，被任命为“著作郎”。隋炀帝杨广即位后，他仍被留任原职，真称得上是个仕途上的“不倒翁”。

王劭很有一套求媚的手段。他身为“著作郎”，可他并不认真从事“著作”。虽然也编写过国史，做过一些注释性的工作，但他的主要精力却花在邪门歪道上。他时常假托什么图谶命符，散布荒诞不经的童谣，谎报神奇怪异的现象，并且借解释之名，胡说国家将如何如何兴旺，恭维杨家皇帝将永远稳坐江山，等等。例如，他谎报说：某处捕获一只神龟，龟腹部有“天下杨兴”四字；皇后死了，他造遥说：皇后原是“妙善菩萨”转生，她不是死，而是“返真”，在她“返真”时，天上还曾派下仙乐和香花来迎接呢！王劭就是通过这些胡编乱造的花言巧语，博取皇帝对他的欢心和信任。结果，他这个不专心从事“著作”的“著作郎”竟然一直当了将近二十年之久。

对于王劭的这种行径，《隋书》的作者魏征等人在该书的《王劭传》中，老实不客气地作了记载，并加以评价，说：“劭以此求媚帝。在‘著作’将近二十年，采迂怪不经之语及委巷之言，……或文词鄙野，或不轨不物，骇人视听，大为有识者所嗤鄙……”

后来，人们将“骇人视听”改为“骇人听闻”（或“耸人听闻”）形容事出非常，或故意把事实真相夸大到十分荒谬的程度，使人听了感到十分惊骇。

退避三舍

“退避三舍”由“辟（通避）君三舍”变化而来，原意是退让九十里。古代以三十里为一舍。语出《左传·僖公二十三年》。

春秋时，晋献公因立幼子为嗣，内部矛盾激化，公子重耳等遭难逃奔国外。重耳流亡列国中，所受待遇各不相同。到楚国时，楚成王设宴招待他，问重耳：“公子如果返回晋国，用什么报答我们呢？”公子回答说：“子、女、玉、帛君王您都是有的，羽毛、齿革都是君王您的土地生长的，看来，晋国有的，楚国只多不少，我还能拿出什么东西来报答君王呢？”楚王进一步问道：“虽然如此，到底用什么来报答我呢？”重耳说：“如果托君王的福，得以回到晋国，一旦晋、楚两国交兵，在中原相遇将辟君三舍；如果还得不到宽大，那就只好手执武器与君王较量了。”楚王很赞赏公子的回答，后来将他送往秦国。公元前636年，重耳从秦国回国当了国君，即晋文公。在后来的晋、楚城濮之战中，晋确实曾先退避九十里。

后人根据这个故事，将“辟君三舍”改为“退避三舍”，作成语用，比喻回避、礼让。

咫尺千里

这个成语故事出自明代史可法《燕子矶口占》诗。燕子矶：地名，在今江苏南京市北观音山上；咫：古代八寸为咫，合现在的市尺六寸二分二厘；咫尺：距离很近。

明末抗清英雄史可法，原籍祥符（今河南开封市）人。他曾官居兵部尚书，弘光帝（朱由崧）即位，加封大学士，督师扬州抗击清军。公元1645年清军南下围攻扬州，史可法奋力抵抗，终因寡不敌众，城破后自杀未死，为清军所俘，不屈而死。在抗清时史可法率军渡江来到南京，站在燕子矶上，俯瞰大江，面对外族入侵，国家危急的形势忧心忡忡，加之公务在身，自己没有抽身到南京家中去会见母亲，甚为思念，于是便随口吟咏而成一首五言诗。全诗共四句：

咫尺千里

来家不面母，咫尺犹千里。

矶头洒清泪，滴滴沉江底。

来家：到家，时史家居南京市；不面母：没有见到母亲的面；矶头：指燕子矶；犹：好似。

诗的大意是：我虽然回到了家乡，却没有时间去看看母亲，虽说燕子矶离家只有咫尺之地，也像似相隔千里。站在燕子矶上想到国家的忧患，不禁抛洒下清泪，一滴滴都深深地沉到大江底。

现在，人们引用“咫尺千里”这个成语，比喻虽说相距不远，但又很难相见，就像远在千里之外。

前度刘郎

这个成语故事出自唐代刘禹锡《再游玄都观绝句》。度：次，回；刘郎：刘禹锡自称。

唐宪宗元和十年（公元 815 年）二月，由于“永贞革新”失败被贬朗州（今湖南桃源以东的沅江流域）作司马的刘禹锡，十年之后又被召回到京都长安。同时被召回的还有一起革职遭贬的柳宗元、韩晔、陈谏。十载艰辛，一朝重逢，大家不禁百感交集。于是几人同游长安街头，穿过熙熙攘攘的人群，信步来到桃花盛开的玄都观，只见观内桃树，枝枝桃花似火、鲜红欲滴。刘禹锡见景生情，想到倡导革新朝政失败之后，革新派受到残酷的打击和迫害，想到自己被贬边州受到的冷遇，如今虽说宦官俱文珍已死，但满朝新贵仍多是顽固派把持，不由十分愤慨，便从观中找来纸笔，以看花为题写了一首讽喻诗《戏赠看花诸君子》。诗中把那些暂时仍在当权的顽固派，比作是不过只有几日红的桃花。全诗共四句：

紫陌红尘拂面来，
无人不道看花回。
玄都观里桃千树，
尽是刘郎去后栽。

后来这首诗被宰相武元衡知道了，当即就指使侍御史窦群弹劾刘禹锡“扶邪乱政，不宜在朝”，再度把刘禹锡贬到比朗州更远的连州（今广东连州市）去当刺史；后又调夔州（今重庆奉节县东）、和州（今安徽和县）等地刺史。又过了十三年之后，一直到唐文宗大和二年（公元828年）春天，才在宰相裴度的保举下再度回到长安，任主客郎中（主管贡赐、接待宾客和其他民族往来事务的官吏）。这时候，刘禹锡两次被贬，前后共二十三年，当年“永贞革新”的旧友，大多已不在人间；再想到那些靠打击革新派上台的人，当初虽不可一世，而今却像红极一时的桃花一样，不都凋零净尽了吗？再想十三年前在玄都观写的诗，便决计旧地重游。

于是就在这年三月的一天，刘禹锡来到玄都观，把自己的观感和见闻写成了《再游玄都观绝句》。这首绝句的原文是：

百亩中庭半是苔，
桃花净尽菜花开。
种桃道士归何处？

前度刘郎今又来。

中庭：即庭中，指玄都观内的庭院；苔：青苔；种桃道士：隐喻当初贬黜刘禹锡等人的当权者；归何处：到什么地方去了。

诗的大意是：玄都观啊，你当年煊赫一时的盛况不见了，百亩宽阔的庭院里，半是无人走过的青苔；那千株桃树也都荡然无存，桃花不见了，起而代之的是墙边地角处稀疏的金黄菜花，在迎风盛开。冷冷清清的玄都观里，当年那些种植桃树的道士们，也不知道哪里去了？然而我刘郎却没有向恶势力低头，如今又回来啦！

题完诗后，刘禹锡昂首挺胸，迈开大步，出观而去。

后来，人们便把“前度刘郎今又来”这句诗简化为“前度刘郎”这个成语，用来比喻离去又回来了的人。

牵萝补屋

这个成语故事出自唐代杜甫《佳人》诗。

杜甫在被叛军占领的长安住了八个多月后，在公元757年（唐肃宗至德二年）二月间，听说唐肃宗由彭原进驻凤翔（今陕西凤翔），离长安只有三百多里路。于是杜甫便冒着生命危险逃出长安，跑到凤翔去朝见唐肃宗。开始，唐肃宗给了他一个八品小官——左拾遗，主要的职责是对国家的政事提出意见。杜甫就职以后，认真负责地对当时的朝政提出了许多意见，触犯了唐肃宗。不久，就被贬了官，被赶出朝廷，到华州去任司功参军。

就在这段时间里，唐王朝面临的形势也发生了很大的变化。首先是叛军内部发生了巨大分裂，安禄山被他的儿子安庆绪所杀，安庆绪称帝。而另一个握有重兵的史思明，压根儿就看不起安庆绪。公元 757 年秋天唐名将郭子仪在长安西大败叛军，乘势收复了长安，接着又攻占了洛阳。安庆绪剩下的六万余人，被迫逃到了邺城（今河南安阳地）。后来，由于昏庸的唐肃宗对郭子仪等名将不信任，派出宦官监视诸将的行动，结果导致占绝对优势的唐军由于无统一的指挥，围邺城十个多月不下，反被史思明率援军打得大败。

在个人遭遇与现实生活的教育下，杜甫在公元 759 年（唐肃宗乾元二年）秋，便决定弃官去秦州（今甘肃天水市）客居。不久，他便借“佳人”自喻君子，写下了一篇自抒抱负，以及自己所向往的人格的五言古诗《佳人》。全诗共二十四句，前四句是：

绝代有佳人，

幽居在空谷。

自云良家子，

零落依草木。

绝代：举世无双；零落：飘落。

这四句诗的大意是：我知道有这么一位举世无双的佳人她幽静地居住在空寂的山谷里。她自己说，她本是善良门第的儿女，现在却不幸流落、飘零在山野之间，跟草木一道相依为命的生活。

那么，这位佳人的秉性和形象是怎么样的呢？《佳人》诗的最后几句说：

侍婢卖珠回，

牵萝补茅屋。

摘花不插发，

采柏动盈掬。

天寒翠袖薄，

日暮倚修竹。

天寒：暗喻着生不逢辰；袖薄：象征着饥寒沦落；日暮：是惋惜国家到了穷途日暮的境地；修竹：比喻自己有坚贞不移、光明磊落的清风高节。

这几句诗的大意是：这位佳人住在山里，只有靠丫环典卖妆饰，变了钱来买米粮，自己动手牵过藤萝来把茅屋的漏处修补好。有时信手摘了一些山花，但发髻上从不插花、打扮，只有坚贞的柏树可以取得她的痴心，常常摘枝已经盈握了。尤其在这寒冷的黄昏时刻，人们可以远远地望见她——穿着单薄的衣裳，倚着一丛高而多节的绿竹，默默无言地站在那里。

后来，人们把“牵萝补茅屋”引申为“牵萝补屋”这个成语，原指生活困难，挪东补西；现多泛用来比喻将就凑合着过日子。

春梦无痕

这个成语故事出自北宋苏轼《与潘郭二生出郊寻春》诗。

这首诗作于元丰五年（公元 1082 年）正月二十日。这天苏轼同在黄州结识的以沽酒卖药为生的朋友潘彦明、郭兴宗同去郊游。苏轼忽然想起去年的这一天，他同潘、郭等人同游岐亭时所写的诗《正月二十日往岐亭，郡人潘、古、郭三人送余于女王城东禅庄院》，于是步其韵，又写下了这首诗。全诗八句，前四句是：

东风未肯入东门，走马还寻去岁村。

人似秋鸿来有信，事如春梦了无痕。

春梦无痕

诗的前两句以忆去年同日的往事起兴。后两句是作者感叹寻春的人来得准时，而寻春的往事却一去不返。这两句诗，对仗精妙，比喻新颖，历来为人所称道，被视为佳对。鸿：鸿雁。诗的大意是：我们像鸿雁一样守信年年来此寻春，而往事却像春梦一样杳无踪影。

后来，人们便把“事如春梦了无痕”这句诗，简化引申为“春梦无痕”这个成语，用来比喻世事变幻，如春夜的梦境一样容易消逝，不留一点痕迹。

草创未就

这个成语故事出自西汉司马迁《报任安书》。

司马迁在给任安（字少卿）的信中讲到自己在受了宫刑这样奇耻大辱之后，之所以能隐忍苟活，全都是为了完成能流传后世的不朽著作——《史记》。在信中，司马迁写道：

古者富贵而名磨灭，不可胜记，惟倜傥非常之人称焉……仆窃不逊，近自托于无能之辞，网罗天下放失旧闻，略考其事，综其终始，稽其成败兴坏之纪，上计轩辕，下至于兹，为十表，本纪十二，书八章，世家三十，列传七十，凡百三十篇。亦欲以究天人之际，通古今之变，成一家之言。草创未就，会遭此祸。惜其不成，是以就极刑而无愠色。

倜（音逾惕）傥（音倘）：卓越；放失：散失；稽：考察；纪：这里指道理，规律；轩辕：即黄帝，相传是远古的君王，姓公孙，因居于轩辕丘，故又称轩辕；草创；开始创办；就：完成；愠：怒，怨恨。

这段话的意思是：古代富足尊贵而声名磨灭无闻的人，多得无法记述；惟有那些卓越特出的人，才为后世人们所称道。近年以来，我自不量力，用自己笨拙的文辞，收集天下早已失散的传闻，略微加以考证，综合起来说明实事的始末，考察其成功、失败、兴起与衰亡的规律，上从轩辕黄帝起，下至于今（指汉武帝时），写成了表十篇，本纪十二篇，书八章，世家三十篇，列传七十篇，共一百三十篇。这是想用以考究天象和人事的关系，通晓古今之变化，成为一家的著述。但是我这项工作，刚刚开始做，尚未完成，就遭上了李陵事件之祸。我痛惜全书没有完成，因此，受了极残酷的宫刑也才没有怨恨的表示。

后来，“草创未就”被引申为成语，用来形容事情刚开始做，尚未完成。

秋扇见捐

语出自汉班婕好《怨歌行》。捐：弃。

这首诗最早见于《文选》，其后《玉台新咏》、《乐府诗集》也辑此篇，作者均谓班婕妤。但自刘勰起许多人都认为是无名氏的乐府古辞。这首诗以扇子的遭遇比喻封建社会中妇女的低下地位和悲惨命运；以秋至天凉扇子被弃小箱之中，隐喻男子一旦变心，女子就将被无情抛弃。全诗共十句：

新裂齐纨素，鲜洁如霜雪。

裁为合欢扇，团团似明月。

出入君怀袖，动摇微风发。

常恐秋节至，凉飚夺炎热。

弃捐箧笥中，恩情中道绝。

裂：截断；新裂：指布织成匹时刚从织布机上扯下来；齐纨素：齐国所产的纨、素等细绢，当时最为有名，这里泛指精美的丝绢；鲜洁：洁白鲜亮；合欢：象征和谐欢乐的一种图案花纹；合欢扇：绘（或绣）有合欢图案的扇子；团团：即“圆圆”；动摇：挥动；秋节：秋季；飚：疾风；弃捐：抛弃；箧：长方形的竹箱；笥：方形的竹箱；箧笥：泛指简陋的小箱。

诗的大意是：刚从布机上扯下精美的丝绢，像霜雪一般的洁白、鲜亮。把它制成绘有合欢图案的扇子，圆圆的像似一轮明月。新制成的团扇获得了主人的喜爱，常被随身携带，一挥动便有微拂的凉风。但这扇子呀，却常常担心秋季到来时，凉风吹走炎热，便会被无情地抛弃置于简陋的小箱中。与主人的恩情将中途断绝。

后来，“弃捐箧笥中，恩情中道绝”这两句诗，被简化为“秋扇见捐”这个成语，用来比喻妇女被无情遗弃。

秋月春风

这个成语故事出自唐代白居易《琵琶行》诗。

白居易写过两首最为有名的叙事长诗，一首是《长恨歌》，另一首就是《琵琶行》。这首诗一完成，立即获得了广泛的传唱，它与《长恨歌》一样，在唐代妇孺皆知，并且远传国外。

白居易曾经把自己的诗分为“讽喻诗”、“闲适诗”、“感伤诗”、“杂律诗”四类。他在《与元九书》中说：《琵琶行》属于“事物牵于外，情理动于内，随感遇而形于叹咏”的感伤诗。那么是什么使作者感伤的呢？这当然是琵琶女悲惨的命运，以及自己敢于指斥时弊，直陈己见，得罪了皇帝权臣而被贬谪的遭遇。诗的第三部，就着力写了琵琶女自述身世。诗写道：

沉吟放拨插弦中，整顿衣裳起敛容。

自言本是京城女，家在虾蟆陵下住。

十三学得琵琶成，名属教坊第一部。

曲罢常教善才伏，妆成每被秋娘妒。

五陵年少争缠头，一曲红绡不知数。

钿头云篦击节碎，血色罗裙翻酒污。

今年欢笑复明年，秋月春风等闲度。

弟走从军阿姨死，暮去朝来颜色故。

门前冷落车马稀，老大嫁作商人妇。

商人重利轻别离，前月浮梁买茶去。

去来江口守空船，绕船月明江水寒。

夜深忽梦少年事，梦啼妆泪红阑干。

敛容：脸色变得严肃而恭敬；虾蟆陵：地名，在长安城东南，该地以歌妓和酒著名；教坊：唐代管理宫延音乐的官署；伏：佩服；秋娘：这里泛指当时长安的美貌女子；五陵年少：长安附近有西汉的五座皇陵，以比喻贵家子弟；绡：用生丝织成的二种丝织品；钿头云篦：上端镶嵌着金花的银梳；击节：打拍子；血色：鲜红色；等闲：轻易；阿姨：这里指琵琶女的养母；故：衰老；妆泪：脂粉与眼泪混在一起；阑干：纵横散乱的样子。

这段诗的大意是：琵琶女低头将拔子插入弦中，整理了一下衣裳，脸色变得严肃而恭敬起来。她说自己是京城人，家住在虾蟆陵下。十三岁便学会了弹琵琶的技艺，分在教坊的第一班里。演奏的乐曲连著名的老师都佩服，打扮后的美貌使得秋娘为之嫉妒。五陵子弟争着来这里听琵琶，一曲过后赏赐的红色丝绸不计其数。醉醺醺地击节敲断了钿头云篦，鲜红色的绸裙沾满了倒翻的酒浆。时光年复一年地在秋月春风中轻易地过去了。兄弟从军没消息，养母也已去世，青春已去我也衰老了。寻欢作乐的客人不来了，门前冷清，只好嫁给了一个商人。但商人只想赚钱把离别看得很平常，前月又到浮梁买茶去了。他一走我就只得在江口守空船，但见那明亮的月光洒在寒江上。深夜忽然梦见了少年时候的往事，梦中哭醒，泪水流在擦满脂粉的面颊上。

后来，人们把“秋月春风等闲度”这句诗，简化引申为“秋月春风”这个成语，用来比喻美好的年华；也指良辰美景。

秋风过耳

这个成语故事出自汉代赵晔《吴越春秋·吴王寿梦传》。

秋风过耳

春秋时候，吴王寿梦有四个儿子，大儿子诸樊，二儿子余祭，三儿子余昧，小儿子季札。在这四个儿子中，四子季札品德和才学都很好，深得寿梦的宠爱，并一直想把自己的王位传给他。

公元前561年，寿梦患了重病，便把季札叫来，把自己的想法告诉了他。季札不肯接受，他认为：礼法一向有规定要传位于长子，这是不能废弃的。寿梦无法，只得把长子诸樊找来，告诉他说："我本想把君位传给季札，他不愿破坏礼法的规定。你接位之后，请不要忘了我的遗愿。"

吴王寿梦死后，诸樊接过君位，就把余祭、余昧两个弟弟找来，转告了父亲的临终遗言，并共同立下誓约：

今后王位，兄弟依次相传，最后务必让季札继承王位。在此之后，季札的三个哥哥都先后当了吴王，季札对他们都忠诚地辅助，为治理国家十分尽力。因而，季札的德行和威望，四处传扬。后来，当三兄余昧将死的时候，一定要把王位传给季札，他仍然坚持不受，说："做人要的是行为正派，品格高尚，'富贵之于我，如秋风之过耳'（意思是：至于富贵荣华，对我来说，只不过像秋风从耳边吹过一样，我是漠不关心的）。"为了表明自己的决心，季札就私自逃往封地延陵（今江苏常州），躲藏起来。直至公元前 526 年，余昧的儿子僚被立为吴王后，他才愿意再回朝中，帮助僚治理朝政。

根据这个故事，季札这句名言"富贵之于我，如秋风之过耳"，一直为后人传颂，并简化引申为"秋风过耳"这个成语，用来比喻事情与己无关，毫不在意。

柳暗花明

这个成语故事出自南宋陆游《游山西村》诗。

这首诗作于宋孝宗乾道三年（公元 1167 年）。有一次，闲居山阴（今浙江绍兴）的陆游到镜波湖附近的山西村游访，受到农民的热情款待。这个村庄明媚的风光，热闹的景象，以及主人们热情待客的纯朴感情，给他留下了难忘的印象。于是他便把这次见闻和感受写成了一首脍炙人口的田园诗《游山西村》。全诗共八句，起首四句是：

莫笑农家腊酒浑，
丰年留客足鸡豚。
山重水复疑无路，
柳暗花明又一村。

莫：不要；浑：不纯；豚：小猪；重、复：一重重，一道道。

这四句诗的大意是：不要取笑农家腊酒浑浊不清，丰收的年景有足够的鸡、猪来招待客人；走过一重重山，跨过一道道水，层层叠叠，盘回曲折，好似再没有道路可走了，可是一转过去却又是一个花红柳绿的村庄。

后来，“柳暗花明”被引申为成语，多用来形容由困难或曲折转入顺利；也用来形容绿树成阴、繁花似锦的美丽景色。

枯木朽株

这个成语故事出自西汉邹阳《狱中上梁王书》。木：树木；朽株：露出地面腐烂了的树桩。邹阳在狱中写给梁孝王的信中，恳切地劝梁孝王不要听信左右谗言，要独自判断是非；对穷困的布衣之士，要披肝沥胆，推心置腹，这样，那些忠信之士才能发挥各自的作用。文中写道：

枯木朽株

有人先游，则枯木朽株，树功而不忘。今夫天下布衣穷居之士，身在贫羸，虽蒙尧舜之术，挟伊管之辩，怀龙逢比干之意，而素无根柢之容，虽极精神，欲开忠于当世之君，则人主必袭按剑相眄之迹矣。是使布衣之士，不得为枯木朽株之资也。是以圣王制世御俗，独化于陶钧之上，而不牵乎卑乱之语，不夺乎众多之口。

游：宣扬；羸：瘦弱；伊：伊尹，辅佐商汤灭夏桀的主要功臣；管：管仲，齐桓公时的相国；龙逢：即关龙逢，夏代的贤臣，桀无道，龙逢强谏，被桀处死；比干：商纣的忠臣，为纣所杀；钧：陶工制陶器时使用的转轮；夺：受到影响而有改变。

这段话的意思是：假如事先有人替他宣扬，那么即使是枯木朽株般的人，也可以建立功勋而不被人所遗忘。现在天下处于困窘境地的士人，贫困病弱，虽有尧舜的治国之术，有伊尹、管仲之学识，怀着龙逢、比干的忠心，可是他们平时没有得到像屈曲的树根那样的雕饰，尽管费尽精力，想把忠心献给当世的君主，但君主也必定会像路遇明珠暗投者那样，用按剑怒目斜视的老办法来对待他们的。这就使得普通士人连枯木朽株的作用都起不到了。所以圣明的君王治理天下应像陶工转钧一样，要自有主张而不受愚昧混乱的言语所牵动，不为众说纷纭所动摇。

后来，“枯木朽株”被引申为成语，用来比喻老而病弱无用之人；也用来形容力量的微弱。

骄兵必败

这个成语故事出自《汉书·魏相传》。骄兵：恃强轻敌的军队。

关于骄兵的说法，历史上有过不少的解释。明代章婴的《诸葛孔明异传·兵成》说：

诛暴救弱，谓之义兵，兵义者王；敌来加己，谓之应兵，兵应者胜；争小故，致大寇，谓之忿兵，兵忿者亡；利土地，欲利货，谓之贪兵，贪兵者死；恃国家之大，矜民人之众，谓之骄兵，骄兵者败。

意思是说：为消灭暴虐，扶救弱小的军队，叫做义兵，为正义而战的军队，能够取得天下；敌人打来了，起兵自卫还击，叫做应兵，为自卫而战的军队必然会得到胜利；因小怨恨而导致大战的，叫做忿（愤）兵，因私愤而战的军队将会败亡；抢占别人的土地，掠夺他人财富的，叫做贪兵，为侵略而战的军队必然会被消灭；

自恃国家大、人口多而发动战争的，叫做骄兵，骄横的军队要打败仗。

对于骄兵必败的说法，早在西汉时候就已经提出来了。据《汉书·魏相传》：西汉初年，与汉王朝西北部边境接壤的地方，有一个小国叫车师（在今新疆东北部，古西域中的一个小国，原名姑师）。车师国土地肥沃，但在汉王朝和匈奴的夹击下，日子很不好过。后来，在公元前 68 年便投降了汉朝。但是匈奴不甘心轻易放弃这块肥美的地方，便出兵攻打车师。西汉在渠犁一带屯田的侍郎郑吉率兵前往营救，因兵力不足，被匈奴打败。郑吉随即上疏宣帝，请求派兵增援。

宣帝接到郑吉求援告急的奏章后，便与后将军赵充国等一些大臣们商议，准备趁机发大兵攻打匈奴，以扫除多年来的边患。可丞相魏相不赞成出兵，上疏进谏。魏相详细地分析了出兵的利弊，讲到用兵之道时，他说：

恃国家之大，矜民人之众，欲见威于敌者，谓之骄兵。兵骄则灭。

意思是：倚仗国家大，人口多，就一心想对外炫耀武力者，称为骄兵。骄横自恃的兵，是一定要失败的。汉宣帝采纳了魏相的意见，取消了增兵车师的想法。

根据这些记载和故事，便引出“骄兵必败”这个成语，多用来比喻骄傲轻敌的军队必定要打败仗；也泛用于工作和学习上，自以为了不起、骄傲的人，必然会遭致失败。

点石成金

这个成语故事出自《广谈助》。

从前，有一个信奉道教的人，他家虽然十分贫困，连香烛都买不起，但他仍然虔诚地供奉着道祖吕洞宾的神位。吕祖为他的虔诚很受感动，便驾着一朵祥云，来到他的家中，吕祖看见他家里实在太穷，除了几个破坛坏罐之外，什么也没有。吕洞宾很可怜他：

因伸一指指其庭中磐石，粲然化为黄金，曰：“汝欲之乎?”

意思是说：吕洞宾便伸出一个指头，对着庭院中树下的破磨盘一指，瞬间磨盘便金光闪闪，变成了黄金。吕洞宾问道：“这块黄金，就送给你了，你要不要?”

那人一听，倒头就拜，连声说：“不要，不要!”

吕洞宾真是喜出望外，称赞地说：“你这样诚心诚意地信奉道教，不贪恋钱财，我倒要把真道传授给你了。”

那人支支吾吾地说：

不然，我心欲汝此指头耳。

意思是说：我不是这个意思，我是想要你这点金的手指头。

啊，原来他是一个得寸进尺、贪求无厌的人。吕洞宾闪身一变，就去得无影无踪了。

后来，人们便根据这个神话故事，引出“点石成金”这个成语，多用来比喻变废为宝；也用来比喻把别人不太好的文章，改为好文章。

美如冠玉

这个成语故事出自《史记·陈丞相世家》。

丞相陈平，本是刘邦身边的一个足智多谋的谋士。他经常出奇计，排除祸患，解救国家的危难。在楚、汉相争时期，他用反间计，离间了项羽和范增、钟离昧；建议刘邦权且封立韩信；说服刘邦广泛吸收、大胆任用有利于争夺天下的各方面的人士。当韩信被告发有谋反迹象时，他反对用兵征讨，用计擒住韩信。刘邦去世后，吕后专权，吕后之后，诸吕阴谋夺取天下，陈平同周勃一起诛灭了吕党，平息了内乱。总之，陈平对西汉王朝的建立和巩固其统治，是出了大力的。

陈平是阳武户牖乡（在今河南原阳县北）人。陈胜起兵在陈县称王以后，派周市平定了魏地，立魏咎为魏王，与秦军战于临济（今河南开封市东北）。这时候，陈平与一些年轻人到临济投奔魏咎。不久，魏王任陈平为太仆（掌握帝王的车马的官吏），但对于陈平的建议魏王不予采纳，再加之又有人说他的坏话，于是陈平就逃离了魏王，归从了项羽。陈平跟随项羽打败秦军，进入关中，官至都尉。后终因项羽仍不能用人，陈平又弃官逃走，投奔汉军。通过魏无知的引见，刘邦同陈平谈得很高兴，当天就任命陈平为都尉，并让他担任保卫自己的参乘，掌管监督将领的事情。这样一来，将领们都不服气，周勃、灌婴等更在刘邦面前诋毁陈平，他们说：

平虽美丈夫，如冠玉耳，其中未必有也。臣闻平居家时，盗其嫂；事魏不容，亡归楚；归楚不中，又亡归汉。今日大王尊官之，令护军。臣闻平受诸将金，金多者得善处，金少者得恶处。平，反复乱臣也，愿王察之。

美丈夫：陈平身材高大，仪表堂堂，长得俊美；冠：帽子；玉：美玉。这段话的意思是：陈平虽然长得仪表堂堂，可就像帽子上的珠玉，外表好看，但实际上却徒有其表，未必中用。我们听说陈平在家里时就有与嫂子私通的事；事奉魏王，魏王不容，又逃跑归楚；在楚不被重用，又来投汉。如今大王这样器重他，给了他很高的官职，让他监督诸将。可是我们听说他接受诸将的贿赂，贿赂多的就得到好的待遇，贿赂少的就得到差的待遇。可以看出，陈平是个反复无常的乱臣，希望大王注意啊！

谗言一多，刘邦也有点怀疑陈平了。于是便把陈平找来，责问他说："先生事奉魏王不被重用，事奉楚王又半途而去，如今又来跟从我。讲信义的人，能这样多心吗？"陈平回答说："我在魏王那里，由于他不采用我的计谋，所以才去投奔项王。项王对人不信任，虽有奇谋之人也不能任用。他所信任宠爱的是项氏宗族和妻子的兄弟等，所以我又离开楚王。我听说汉王能用人，才来投奔您的。我是空着手来的，不接受一点钱财就不好办事。假如我的计谋还有可以采用的，希望大王采用；如果没有可用的，钱财都还在，愿意原封不动地交还官府，请大王让我辞职还乡。"

汉王刘邦经过多方了解，消除了怀疑，向陈平表示了歉意，给了陈平新的赏赐，升任他为护军中尉（掌管调解各将领关系的官员），监督所有将领。这样一来，诸将就不敢再讲什么了。

根据这个故事，后来人们把“平虽美丈夫，如冠玉耳”简化引申为“美如冠玉”这个成语，用来比喻男性的美貌。

拾遗补阙

这个成语故事出自西汉司马迁《报任安书》。

司马迁遭“李陵之祸”，受过宫刑，出狱后，又作了中书令，任安曾写信给他，要他利用在汉武帝身边任职的这种便利条件“推贤进士”。司马迁在这封回信里，怀

食言而肥

着悲愤的心情指出这是根本做不到的。文中写道：

如今朝廷虽乏人，奈何令刀锯之余荐天下之豪俊哉！仆赖先人绪业，得待罪辇毂下，二十余年矣。所以自惟，上之不能纳忠效信，有奇策才力之誉，自结明主；次之又不能拾遗补阙，招贤进能，显岩穴之士；外之不能备行伍，攻城野战。有斩将搴旗之功；下之不能积日累劳，取尊官厚禄，以为宗族交游光宠。四者无一遂，苟合取容，无所短长之效，可见于此矣。

刀锯之余：指受过刑的人，这里指司马迁自已受过的宫刑；绪业：余业，指前人所遗留下来的未完成的事业；待罪：做官，自谦之词；辇毂：皇帝的车驾；辇毂下：指京城；遗：遗漏；阙：通“缺”，缺失；岩穴之士：指隐士；搴：拔取；交游：这里指朋友；遂：成就；短长：这里指建树，成就。

这段话的意思是：如今朝廷虽说缺乏人才，可又怎能让我这个受过宫刑的人，去推荐天下的豪杰之士呢？我是靠了父亲的余业，得以在京城皇帝身边任职，已经二十余年了。回顾以往，对上，既未能尽到忠信，也没有具有奇才异能的声誉，以取得明主的信任；对内，不能为皇上拾取遗漏、弥补缺失，推荐贤才和隐士；对外，不能参与军队攻城野战，取得斩将拔旗的功绩；对下，不能逐步地积累功劳，取得高官厚禄，为宗族、朋友增光。这四个方面，没一个方面有所成就，我只能苟且地迎合皇上的心意，以保持现在的职位，是不会有一点建树的，从这里就可以把事情看清楚了嘛！

后来，“拾遗补阙”被引申为成语，旧用以指向皇帝进谏以纠正皇帝的过错；现多用来泛指弥补疏漏和过失。

窃窃私语

这个成语故事出自唐代白居易《琵琶行》。

唐宪宗元和十年（公元815年）六月的一天早晨，宰相武元衡被藩镇王承宗、李师道派人杀死了。当天中午，太子左赞善大夫（太子属官）白居易即上书皇上，请求缉拿凶手，以绳法纪。唐宪宗听信奸相李吉甫的谗言，将白居易贬到离京城四千里外的江州（又名浔阳，今江西九江市）作司马（州府佐官）。江州北临长江，南有庐山。白居易的司马官舍，就在江州西郭门外，离湓浦口很近，地处低湿，偏僻冷清，更使经常卧病的白居易愁闷难耐。他经常想念长安，想念贬官通州（今四川达州）的好友元稹。常常写诗作文以慰愁肠。

次年秋天，白居易经常想念的好友元稹却突然到江州来了。好友久别重逢，白居易真是欢欣异常。但元稹公务在身，不敢久留，当晚便要开船离去，白居易同他的弟弟白行简，一起到湓浦口送元稹上船，并在船头设宴饯行。面对冷月清秋，故人远别，白居易更感到酒冷心凉，醉不成欢。白居易仰望明月，与元稹相互道别之后，正准备下船的时候，忽听得江面上传来阵阵幽怨的琵琶声，一下子把白居易吸引住了。他侧耳倾听好一阵，才向船家打听："刚才弹琵琶的是什么人？弹得太好了，真是名家指法。"

船夫回答说："是京都来的刘一郎的娘子裴兴奴。"

当白居易看见这位面容憔悴的裴兴奴，问起她是怎样流落到江州来的时候，裴兴奴凄凉地回答说：她年轻时就能弹得一手好琵琶，曾经在京都红极一时。后来，随着年岁的增长，人老珠黄，门庭冷落，无奈之下，嫁给一个商人，流落异乡。白居易听着听着，联想到自己忠言遭忌，官贬外地，遭遇与裴兴奴一般凄楚，禁不住泪如雨下，把青衫也湿透了，回到家以后，裴兴奴凄惨的话语和琵琶声，萦绕耳旁，他激动地挥笔疾书，开始了他的六百一十二字的长短句《琵琶行》的写作，在完成初稿后，几经修改，终成名篇。

《琵琶行》描写裴兴奴弹奏《霓裳》、《六么》两种曲调时，写下了这么两句：

大弦嘈嘈如急雨，小弦切切如私语（切：同窃）。

大弦：琵琶共有四根弦，大弦最粗，也叫老弦。嘈嘈：声音粗厚；小弦：即细弦，也叫子弦。这两句诗的大意是：裴兴奴先弹了《霓裳》，又弹了《六么》，那老弦发出的声音是那么的粗壮厚重，犹如暴雨狂倾一般；而子弦呢，则是细微急促，就像在讲悄悄话。

后来，人们便由“小弦切切如私语”这句诗引出“窃窃私语”这个成语，用来形容相互间低声细语地讲悄悄话。

语不惊人

这个成语故事出自唐代杜甫《江上值水如海势聊短述》诗。语：语言，亦指文句。

在安史之乱中颠沛流离的杜甫，于公元 759 年 12 月（唐肃宗乾元二年）由同谷到达成都后，开始借住在成都西郊浣花溪畔的一座庙宇草堂寺中。后在唐肃宗上元元年（公元 760 年）才在亲友的帮助下，在浣花溪畔一块不大的荒地上搭起了一座茅屋——这就是我国诗歌史上颇有名气的“杜甫草堂”。

草堂建成后，由辗转逃难到暂时有了一个安居的地方，杜甫的心情是很愉快的。为此，他还专门写成了一首七律《堂成》：

背郭堂成荫白茅，缘江路熟俯青郊。

桤林碍日吟风叶，笼竹和烟滴露梢。

暂止飞乌将数子，频来语燕定新巢。

旁人错比扬雄宅，懒惰无心作解嘲。

这首诗的前四句点出草堂的地点及其幽静、优美的景色。五、六句却有借物喻人之意。即以乌鸦、燕子在草堂找到新居，来表达诗人有暂时的安居之地的宽慰心情。七、八两句，用了汉代文学家扬雄的一个典故。扬雄的住宅在成都西南角上，名为“草玄堂”。汉哀帝时，扬雄在家闭门著《太玄经》遭人嘲笑，为此他写了一篇文章《解嘲》，予以回答。杜甫借用这个典故说明，如果有人错把我这草堂比作扬雄的住宅，即错把我比作扬雄，我却无心像扬雄那样专门写文章来解嘲。

杜甫兴建草堂的第二年（即唐肃宗上元二年春），锦江水陡涨，杜甫面对大海般壮阔的水势，又联想到自己的诗歌创作，便把这一时触发的感兴写成这首七言八句的《聊短述》：

为人性僻耽佳句，语不惊人死不休。

老去诗篇浑漫与，春来花鸟莫深愁。

新添水槛供垂钓，故著浮槎替入舟。

焉得思如陶谢手，令渠述作与同游。

性僻：秉性偏颇、孤僻，多为自谦之辞；耽：入迷、爱好；佳句：好的诗句；陶：指晋代著一乞诗人陶渊明；谢：指南朝宋著名诗人山水诗的祖师谢灵运。

诗的大意是：我这个人性格有些怪僻，不爱富贵尊荣，只偏偏喜爱创作美好的诗句；它要是达不到使人惊服的地步，我至死也不肯罢休。经过多半生的努力，到老来写的一些诗篇，便能寄寓我的情兴，能够得心应手了；每当春鸟春花撩动着我惜春的情怀，便写下几行诗句以解闷消忧。在草堂的水边，新添的栏板可供我垂钓，栏外放下木筏便可作为钓舟了。怎样才能与诗思像陶渊明和谢灵运那样的高手共吟游，让他们从事述著以流传人间，这将是我无上的喜悦。

后来，“语不惊人死不休”这句诗，被简化引申出“语不惊人”这个成语，用来比喻语言或文句平淡，没有特别出众的地方。

恻隐之心

这个成语故事出自《孟子·公孙丑上》。恻隐：对别人遭受不幸表示同情。

在同公孙丑的谈话中，孟子还提出性善说。他认为，人性生来是善的，都具有仁、义、礼、智等天赋道德意识。这是孟轲在儒家哲学中形成一个唯心主义理论体系的重要论点。

孟子认为，每个人都有怜悯别人的心情。比如，现在有人突然看到一个小孩子要跌到井里去了，任何人都会有惊骇同情的心情。那末，这种心情是怎样产生的呢？孟子说：

非所以内交于孺子之父母也，非所以要誉于乡党朋友也，非恶其声而然也。由是观之，无恻隐之心，非人也；无羞恶之心，非人也；无辞让之心，非人也；无是非之心，非人也。恻隐之心，仁之端也；羞恶之心，义之端也；辞让之心，礼之端也；是非之心，智之端也。

人之有是四端也，犹其有四体也。

这段话的意思是：这种同情心的产生，不是为着与这小孩爹娘攀结交情，不是为着要在乡里朋友中博取名誉，也不是厌恶那小孩的哭声才有的。从这里看来，一个人，如若没有同情之心，就不是人了；如若没有羞耻之心，就不是人了；如若没有推让之心，就不是人了；如若没有是非之心，就不是人了。同情之心是仁的萌芽，羞耻之心是义的萌芽，推让之心是礼的萌芽，是非之心是智的萌芽。人之有这四种萌芽，就好比他有手足四肢一样，是自然生就的。

后来，“恻隐之心”被引申为成语，比喻对别人的不幸遭遇而引起的同情心。

举一反三

这个成语故事出自《论语·述而》。

孔丘是我国儒家学派的创始人，是春秋末年著名的思想家和教育家。他从事教育数十年，积累了许多有益的经验，形成了自己的一套教育理论和方法。有一次，他在讲到教育方法时，说：

不愤不启，不悱不发；举一隅不以三隅反，则不复也。

这两句话的中心思想是强调教育学生，要建立在学生们深入思考的基础上。如果学习没有强烈的求知欲，没有迫切的学习要求，老师纵然费尽心力，也不会有好的效果。

愤：心里迫切希望弄明白而又弄不明白的着急的神情；悱：想说而又不知道怎么说的为难神情；隅：角落，一个方面。孔子这两句话的大意是：对于学生的教育，不到他们经过苦苦思索而又弄不明白的着急之时，不必忙着去开导他们；不到他们想说而又说不出来的时候，也不必忙着去启发他们。如果给学生们了解了一隅，而不能由此推知其余的三隅，那也暂不用再教他们别的东西了。

后来，“举一隅不以三隅反”被简化引申为“举一反三”这个成语，用来比喻从一个侧面或一件事情类推，进而知道与此相类似的其他方面或别的事情。

急如星火

这个成语故事出自西晋李密《陈情表》。星火：流星。

李密在《陈情表》中向晋武帝陈述了自己的身世之后，接着便讲到，自从晋朝建立以来，自己受到晋朝清明政治的教化，郡和州的地方长官，都一再推举他出来做官，但因为祖母无人供养，而辞谢了，后来，皇上下诏书，任命为郎中；不久又蒙国家的恩典，授职为太子洗马。他认为，像他这样的人，能担任这样的官职，即使粉身碎骨也难以报答皇上的恩遇。所以，他就上表奏明不能就职的苦衷：

诏书切峻，责臣逋慢。郡县逼迫，催臣上道。州司临门，急于星火。臣欲奉诏奔驰，则以刘病日笃；欲苟顺私情，则告诉不许。臣之进退，实为狼狈。

逋：逃避；州司：州里有关的官员；笃：沉重；告诉：申诉。这段话的意思是：现在诏书又下来了，言辞急切而严厉，责备我有意逃避和怠慢。郡县的长官命令逼迫，催我上路，州里的官员上门催促，像流星一样急促。我想奉命急速上京受命，但我祖母刘氏的病却日见加重；想暂时按照自己的心愿，申诉一下辞谢的理由，又得不到允准。我的处境实在进退两难，实在很狼狈。后来，“州司临门，急于星火”被简化引申为“急如星火”这个成语，用来比喻情势紧急或事情急迫，要急速办理。

急来抱佛脚

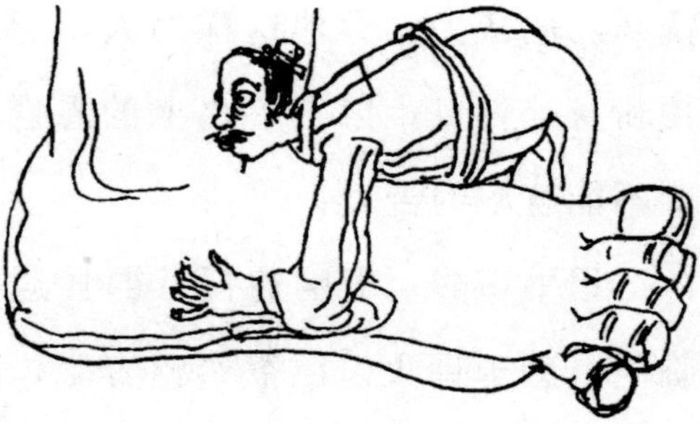
急来抱佛脚

这个成语故事出自明代张世南《宦游纪闻》；又见于宋代刘攽《中山诗话》。

据《宦游纪闻》载：古时云南南部有一个国家，那里的官民都尊崇佛教，各地广造佛寺。那时，有个人犯了大罪，应该处死刑，被追捕得走投无路的时候，就逃到寺庙里抱着佛脚悔过，因此官府便赦免了他的罪。于是在当地就流传开了这样一句谚语：“闲时不烧香，急来抱佛脚。”后来那个国家的和尚来中原地区传经时，也就把这句谚语传过来了。

据《中山诗话》载，宋代王安石有过这么一段轶事：有一次，身居丞相要位的王安石，同几位客人谈到佛经，他感慨地絮叨着说：“投老欲依僧!”有人接着跟上了一句：“急来抱佛脚!”王安石对此有些不快，说：“我这‘投老欲依僧’本是一句古诗，别无他意。”那位客人回答说：“‘急来抱佛脚’亦是俗谚。”意思是：我这“急来抱佛脚”也是一句谚语，上句去“投”（头），下句去“脚”，岂不就是妙对。大家听了，都乐了起来。

后来，“急来抱佛脚”被引申为成语，用来形容平时不作准备，事到临头，才仓皇求助。

差强人意

“差强人意”成语出自《后汉书·吴汉传》。

吴汉，字子颜，南阳（今属河南省）人。他为人耿直，不爱说话。光武帝时，他当大司马，多次率领大军出征屡立战功。

吴汉不但勇敢，而且对刘秀忠心耿耿。每次出征行军，吴汉总是伴随刘秀，不离左右。打了败仗，将士们惊慌失措，吴汉却总是鼓励大家要振作起来；他自己则整顿兵器，以此激励兵士。一次，败仗之后将士都灰溜溜的，情绪不振。刘秀见吴汉不在身边，便派人去看看他在干什么。去的人回来说，大司马正在准备进攻的武器。刘秀听了，赞叹道："吴公差强人意。"

后人以"差强人意"为成语，形容某人或某事还不错，尚能令人满意。

顾曲周郎

"顾曲周郎"，意思是爱好音乐，或对音乐很有素养的人，语出《三国志·吴书·周瑜传》。

三国时，周瑜当东吴大都督时年纪还很轻，人们习惯称他为周郎。他不但足智多谋，善于调兵遣将，而且精于音律，有很高的音乐欣赏能力。周瑜听人演奏时，即使多喝了几杯酒，有些醉意，演奏发生一点差错，也瞒不过他的耳朵。而且，每当发现错误，他就要向演奏者看一眼，示意他这个地方演奏错了。因此，当时流传着两句歌谣，叫做“曲有误，周郎顾”。

其后，不少诗人在做诗的时候，常常以此作为典故。如唐朝诗人李端的《听筝》一诗，就有这样描写：“欲得周郎顾，时时误拂弦。”

后来，欣赏音乐或听歌、听戏时，就常被称为“顾曲”；歌曲评论家、内行的人就称为“顾曲周郎”。

莫逆之交

“莫逆之交”成语来源于《庄子·大宗师》中两个谈论关于生死问题的故事。

庄子认为人要安时而处顺，善生善死，一切应由造物者决定。他编的第一个故事说：子祀、子舆、子犁、子来四人在一起交谈道：“谁能以无为头脑，以有为脊背，以死为屁股；谁能知道死生存亡为一体的，我就与他交朋友了。”讲了之后，四人相视而笑，都觉得谈的和自己的心相通，没有相抵触之处，遂相互结为好友。

第二个故事是：子桑户、子孟反、子琴张三人交谈说："谁能相交在无所谓相交的关系中，相帮助在无所谓相帮助的关系中？谁能登天游雾，循环无穷，忘却生命，无所谓死亡呢？"三人相视而笑，都觉得谈的和自己的心相通，没有相抵触之处，遂相互结为好友。

后人从"莫逆于心，遂相与为友"中引出"莫逆之交"成语，形容人们彼此志同道合，相互交情深厚。

珠联璧合

"珠联璧合"成语出自《汉书·律历志》。

汉朝刚建立时，国家还处在治乱的过程中，百废待兴，许多事情只能暂时草草建立，历法也只好沿用秦历。北平侯张苍曾建议用颛顼历法，但因它并不怎么准确，就没有被采用。

汉武帝元封年间（公元前110至公元前105），武帝命太中大夫公孙卿、壶遂、太史令司马迁及大典星射姓等一起商议制定《汉历》。射姓等启奏说应当征募有能力治历的人，重新制造密度，造汉朝《太初历》。皇上下诏选邓平、且君等及民间治历者二十多人，制定了有名的“汉八十一律历”。这个历法是用滴漏法计日。他们制作了一种容器，把每日分为八十一分。历法规定：一月的天数为二十九日八十一分之四十三。第一个月先多用半天，即每月为三十天，叫做阳历；第二个月再舍去半天即二十九天，叫做阴历。

历法制定后，汉武帝下诏决定采用八十一分律历，取消以前所用的十七家历算法。后来宦官淳于陵依照《太初历》复查天象的变化，发觉八十一分律历与天体运行完全吻合，是“日月如合璧，五星如连珠”。于是八十一分律历就正式开始使用。它的制造者邓平也被提升为太史丞。

后人根据“日月如合璧，五星如连珠”引出“珠联璧合”成语，比喻美好的事物或杰出的人才聚合在一起，互相合作得十分协调。“珠”，指珍珠；“璧”，指美玉。

疾风劲草

“疾风劲草”（亦作“疾风知劲草”）出自《后汉书·王霸传》。

西汉末年，颍阳（今河南省许昌附近）有个人名叫王霸，刘秀起兵反王莽路过颍阳时，王霸带领一帮朋友去拜见刘秀，请求入伍。刘秀表示欢迎。王霸入伍后忠心耿耿，多次打胜仗，特别是在昆阳（今河南叶县）大破王莽的战役中，立了大功。因而很受刘秀的信任。

可是，当刘秀的部队渡过黄河，在河北一带镇压各路农民起义军的时候；军事行动很不顺利。当初和王霸一道入伍的朋友们，现在却都偷偷地溜走了，只有王霸继续战斗在刘秀的队伍中。这样刘秀就更加信任王霸了，并且对王霸说：“在颍川投奔我的人现在大都走了，只剩下你一人留下为我出力，真是疾风知劲草啊！”

刘秀登基做皇帝后，任王霸为偏将军，后又为上谷（今河北省中西部）太守。王霸在上谷二十多年，始终是光武帝刘秀的心腹将领。

“疾风劲草”是说经过了猛烈的大风，才知道哪些草是吹不倒、折不了的。人们常以它比喻立场坚定不移，即使遇到最大困难也不变节的人。

酒囊饭袋

“酒囊饭袋”比喻只会吃喝、不会做事的人。为贬义成语。出自汉朝王充《论衡·别通》。

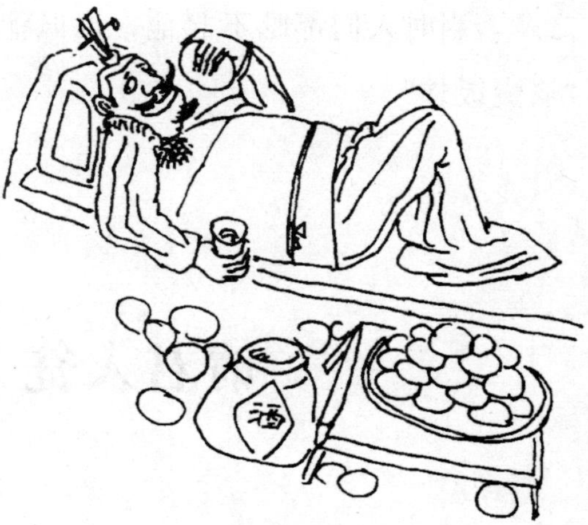

酒囊饭袋

《别通》中有这样几句话：

饱食快饮，虑深求卧，腹为饭坑，肠为酒囊。

晋朝葛洪的《抱朴子·弹祢》则云：

汉末祢衡游许下，呼孔融为大儿，呼杨修为小儿，荀彧犹强可与语，过此以往，皆酒瓮饭囊耳。

据宋代陶岳的《荆湘近事》记载，唐朝末年，有一个名叫马殷的人，年轻时当过木工。后来应募从军。开始时随秦宗权的部将孙儒驻在扬州。不久，转到刘建峰的部下，参加进攻潭州（今湖南长沙一带）战役。后来刘建峰被部下所杀，大家便推举马殷为首领。不久，马殷被唐朝正式任命为潭州刺史。

公元907年，朱温取代唐朝建立了后梁，自称为帝。马殷被封为楚王，马殷的亲属及随从等人，也跟着高升。可是，马殷既不能文，又不能武，是个只知享受的平庸之辈，当时人们都瞧不起他，讥讽他是只能装酒盛饭的“酒囊饭袋”。

请君入瓮

这个成语出自《资治通鉴·唐则天皇后天授二年》。

唐朝武则天执政时期，有两个掌管刑狱的大臣，一个叫周兴，一个叫来俊臣。这两个人贪暴残酷，设计了种种惨无人道的刑法，大搞逼供，枉杀了许多忠臣良将。特别是周兴，外号叫“牛头阿婆”。他竟然这样说道：

“凡被告之人，审讯时没有一个不自称冤枉的，处死后，也就没事了。”

后来，有人向武则天密告，说周兴与人共同谋反，武则天便让来俊臣负责审理这个案子。来俊臣知道，周兴对于办案是内行，他决不会老老实实地承认参与谋反的。他想了一个办法，派人请周兴来吃饭。周兴欣然而至。席间，来俊臣装成一副向周兴请教的神态，对周兴说：“最近，我审讯了一些犯人，种种刑具都用遍了，犯人们就是不肯招供，不知老兄有什么好的办法没有？”周兴并不知道自己已被别人告发，回答道：“这是一件很容易的事。我告诉你一个妙法：用一只大瓮（即大坛子），四面架起炭火烧，烧到内外发烫，把那些不肯认罪的囚犯放人瓮中，什么样的囚犯也得老实招供。”

于是，来俊臣马上叫人搬来一只大瓮，照周兴讲的，四周烧起炭火。然后对周兴说：“有人告发你参与谋反，太后（指武则天）命我审讯你，请兄入此瓮吧。”周兴听了，惊慌万状，当场叩头认罪。

后来，人们由“请兄入此瓮”引出“请君入瓮”成‘语，比喻以其人之道还治其人之身，自己布置的圈套，想害别人，最后却害了自己。

兼收并蓄

这个成语故事出自唐代韩愈《进学解》。收：收罗；蓄：收藏，保存。

韩愈在《进学解》中，借用诸生之口表白了自己的抱负和精深的学识之后，同时又用含蓄的反话讽刺了当时的执政者不识贤愚，不会用人。他写道：

“……玉札乙丹砂，赤箭青芝，牛溲马勃，败鼓之皮，俱收并蓄，待用无遗者，医师之良也……”

丹砂：即朱砂；赤箭：天麻；青芝：又名龙芝；牛溲：车前草；马勃：又名马屁菌。

这段话的意思是：不论是贵重药材地榆、朱砂、天麻、青芝，还是价贱的车前草、马屁菌、破鼓皮，全部收集起来，保存待用，这是医师的妙用。

后来，“俱收并蓄”被引申为成语，多写作“兼收并蓄”，用来指把各种不同的东西一齐收集、保存起来。

高屋建瓴

“高屋建瓴”，意即把盛水的瓶子从屋顶上向下倾倒。比喻居高临下，势不可当。语出《史记·高祖本纪》。

西汉初年，汉高祖刘邦虽然登上了皇帝的宝座，但其政权并不十分稳固，诸侯王有的拥兵自重，有的甚至心怀异志，蓄意谋反。

公元前 201 年（汉高祖六年）十二月，有人密告楚王韩信阴谋反叛。刘邦知道自己用兵不是韩信的对手，便采纳了陈平的计策，假借到云梦（位于湖北省中部偏东）地区打猎为名，趁韩信前来迎接之机，将韩信逮捕，避免一场流血冲突。群臣为之庆贺。有个名叫田肯的人在祝贺时劝说刘邦，一定要把关中地区（指函谷关以西地区）和齐地（今山东省泰山以北黄河流域及胶东半岛地区）这两个地理形势十分有利的地区牢牢地掌握在自己的手中。田肯在形容关中地区地理形势时说，关中这个地区地形险固，十分便于用兵，二十万兵力就能抵得上百万敌军。从这个地方对函谷关以东的诸侯用兵，“譬犹居高屋之上建瓴水也”。刘邦听了，认为十分有理，大加赞赏；同时赏赐田肯黄金五百斤。

高谈雄辩

这个成语故事出自唐代杜甫《饮中八仙歌》。

高谈雄辩

《饮中八仙歌》这首七言古诗中所描绘的当时先后在长安的八个爱喝酒的名人，全都是同时代的封建地主阶级的知识分子。其中有皇族、丞相、诗人、艺术家等。他们都以嗜酒表现了清狂高傲、愤世嫉俗的思想性格。杜甫热情地讴歌他们，是因为他也嗜酒终身，怀才不遇。因而，这首诗从生活的一个侧面，曲折地反映了封建社会里有志之士的苦闷情绪。本诗所咏的八个人物，自然分成八个小节。而每个小节又分别以二、三、四句形成，并非整齐划一。诗的最后一节咏的是焦遂，是一个平民。传说他平日口吃，对客不出一言，可是在酒醉之后却能高谈阔论，使得四座客人都很吃惊。诗中写道：

焦遂五斗方卓然，高谈雄辩惊四筵。

意思是说：焦遂，平日口吃得厉害，喝过五斗酒后神态飘飘不平凡，高谈又阔论席间满座皆惊叹。

后来，“高谈雄辩惊四筵”这句诗，被简化引申为“高谈雄辩”这个成语，用来形容能言善辩。

谈笑自若

“谈笑自若”，周围环境无论如何变化、气氛不管怎么紧张，都跟平常一样，有说有笑、毫不在意，也毫不惧怕。

《三国志·吴书·甘宁传》中有“城中士众皆惧，惟宁谈笑自若”的记载；《后汉书·孔融传》中也有“融隐几读书，谈笑自若”的记载。

据《三国志·吴书·甘宁传》，甘宁是东吴的一员大将，他作战勇敢而有智谋。公元208年，曹操在赤壁战败，向江陵撤退；孙权和刘备的联军乘胜追击，赶到南郡（今湖北省江陵县境内）。曹操的部将曹仁奋勇击败吴军的先头部队。根据形势，甘宁建议，先夺取夷陵，再进攻南郡。大都督周瑜采纳了甘宁的建议，同时命令甘宁领兵直取夷陵。

甘宁领兵迅速占领了夷陵城，对南郡造成很大威胁。但甘宁手下兵力太少，加上入城后招募的新兵也不过一千人。曹仁为了夺回夷陵，派了五六千人将夷陵团团围住，并在城外筑了高台，不时向城里射箭。这时城中吴军将士都有些紧张和害怕，只有甘宁同平常一样，谈笑自若，一点不紧张。后来，甘宁派人突围向周瑜告急。周瑜即刻发兵前来解围，赢得了胜利。

逢人说项

“逢人说项”出自宋朝计有功的《唐诗纪事·项斯》。

项斯，字子迁，唐朝人。他不但诗写得好，人品、风度也很不错。

起初，项斯的诗并不怎么出名，知道他的人也很少。有一次，项斯带着他的诗去向杨敬之求教。杨敬之是当时很有地位、很有名声的文士，担任宫廷中的高级学官“祭酒”。他曾读过项斯的部分诗文，认为写得相当好。这次，项斯和他面谈之后，更给他留下了很好的印象，他欣然命笔，赠诗一首：

几度见诗诗尽好，

及观标格过于诗。

平生不解藏人善，

到处逢人说项斯。

“逢人说项斯”，不管碰到谁，都要向他介绍和称赞项斯。

由于杨敬之的推荐和介绍，项斯的诗在首都长安很快便流传开来，项斯的名声也越来越大。第二年科举考试，项斯被录取为上等。

后来，人们将“到处逢人说项斯”的诗句简化为“逢人说项”，作成语用，比喻称赞某人的好处。

铁杵磨针

“铁杵磨针”（亦作“铁杵成针”）是一个勉励人们立志苦学的故事，见明朝陈仁锡编的《潜确类书》。

唐朝的李白，是我国历史上著名的大诗人，他的诗在我国文学史上占有十分重要的地位。但是，传说李白小时候学习怕困难，不肯下苦功夫读书，经常丢下书本出去游玩。有一次，他又扔下书本到外面闲逛，途中他见到一位老大娘，正在石头上磨一根铁杵，便奇怪地问老大娘为什么要磨这么粗的一根铁棍。老大娘回答说：“我要把它磨成一根针。”李白不禁笑了起来，说：“您老人家大概是跟我开玩笑吧？这么粗的铁杵，要磨成一根小针，谈何容易？”老大娘严肃地对他说：“世界上没有办不成的事，只要坚持不断地磨，怎么会不成功呢？”

李白听了老大娘的话，十分感动，并且深受启发。从此以后，用功学习，刻苦钻研。遇到困难的时候，一想起老大娘“铁杵磨针”的事，就增添了克服困难的勇气和毅力，终于成为一位大诗人。

人们将“铁杵磨针”当成语用，比喻做任何事情，只要坚持不懈地努力，就一定会成功。

豺狼当道

“豺狼当道”成语出自《汉书·孙宝传》。

西汉成帝年间，颍川（今属河南省）人孙宝作益州（今四川成都地区）刺史时，曾上书告发大司马王音的外甥广汉太守扈商居官失职，使扈商被捕下狱。后来孙宝作冀州（今河北省中部地区）刺史时，又查出了皇后的兄弟红阳侯的罪行，使他失去了继承大司马职位的机会。

由于孙宝做官廉洁正直，被提升为京兆尹。到了京城后，孙宝听说前任中有一位叫侯文的，因正直遭到非议，即推说有病不肯出来任职。孙宝便亲自去请他，同他一起吃饭，与他交朋友。后来侯文终于出来担任东部督邮。上任前孙宝嘱咐他说："趁此良机，君当努力，斩除邪恶。"侯文听后说："某些人在此地，我很难做个好官啊。"孙宝问是谁，侯文说："霸陵人杜樨季。"孙宝又问还有谁，侯文说："豺狼当道，不宜复问狐狸。"孙宝听了这话后，默然不语。因为樨季与卫尉淳于长、大鸿胪萧育关系极为密切，尽管樨季屡犯禁令，但根本没人敢治他。孙宝心里明白，但也很矛盾，他以前得罪过红阳侯，而现在淳于长势力很大，深得皇帝的器重，并且对自己也很友好。孙宝他也想依附这个势力。自从当上京兆尹后，淳于长就托孙宝保护杜樨季。

顾曲周郎

侯文知道孙宝为难的原因后，说道："您素来有清正之名，而现在不敢捉拿樨季，趁早关上门别当官了。如今不治樨季要去捉拿别人，这事传开您就完了。孙宝听了侯文的话后非常惭愧，说：“我一定听从您的教诲。”

后来樨季听说了这件事，便闭门不与别人往来，在自家后墙开了个小门，耕种家园。侯文听说后对孙宝说：“樨季如能知过悔改，可以不治前罪。如果不从心里改悔只是表面做文章，那是自讨苦吃。”从此，樨季的确再也不干违法的事了，因此孙宝也就不再对樨季进行指责了。

后人根据这个故事引出“豺狼当道”成语，比喻坏人掌握了大权。“豺狼”，指坏人；“当道”，占据道路中心。

海阔天空

这个成语故事出自北宋《诗话总龟·道僧》引《古诗诗话》。

唐代著名画家张躁（澡），吴地（今江苏吴县）人。他的绘画艺术很高，擅长画山水树石，尤其擅长画松树。据史书记载，他画松树的时候：

尝以手握双管，一时齐下，一为生枝，一为枯枝。气傲烟霞，势凌风雨，槎枒之形，鳞皴之状，随意纵横，应手间出。

槎枒：同杈丫，树枝歧出的样子；皴：皮肤裂开，指画中树干的纹理和阴阳背面；间：间或，偶尔。

这段话的意思是：张躁画松树，能用两手握笔，同时作画，一支笔画苍翠的生枝，一支笔画枯萎的树干。其气势傲视烟霞，凌犯风雨。树枝歧出，树皮像鱼鳞一样，看起来生动逼真。

所以，张躁的松树画，不仅作画的方法奇特，而且笔迹精巧。那青翠的树枝，湿润中好似含着春天的光泽；苍劲的树干，又犹如秋天落叶之后的气象一般。画中的山水的形状，更是有高有低，非常秀丽，咫尺之间显出深远的气势。当时的人都称他的画是“神品”，极为珍贵。

可是，有一次张躁画松于荆州陟山古寺的斋壁上，却意外地受了冷落。原来，这个寺有个名叫玄览的和尚，平素间为人“道高风韵，人不可亲”，他看见了张躁在斋壁上画的松，却说是玷污了墙壁，即全用白粉涂掉了。玄览平时衣食也与众不同，时人怪而问之，他乃题诗于竹上：

大海从鱼跃，长空任鸟飞。

大海：也作“海阔”；长空：也作天空。

诗的大意是：我的心胸，像深广的大海一样辽阔，听从鱼儿跳跃；像天空一样没有边际，任凭鸟儿飞翔。

后来，人们便把“大海从鱼跃，长空任鸟飞”这两句诗简化引申为“海阔天空”这个成语，原用来比喻心胸开阔，行为不受拘束；现在多用来比喻议论东拉西扯，漫无边际，或随意漫谈，没有中心。

剜肉补疮

这个成语故事出自唐代聂夷中《咏田家》诗。剜：用力挖取。

聂夷中，字坦之，唐时河东（今山西永济市）人。他出身贫穷，自幼参加农业劳动，对劳动群众的疾苦深有体验。后来中进士，曾任过华阴县尉。生活一向简朴，比较能了解人民的疾苦，特别对于农民由于生活所迫，受到各种形式的高利贷的盘剥深为同情，因而写下了《咏田家》诗，诉说农家受租税盘剥之苦。全诗共八句：

二月卖新丝，五月粜新谷。

医得眼前疮，剜却心头肉。

我愿君王心，化作光明烛。

不照绮罗筵，只照逃亡屋。

粜：卖粮食；剜却：挖掉；君王：皇帝；绮罗筵：豪华的宴会；逃亡屋：逃亡农民抛下的屋子。

诗的大意是：农家为了抵债，早在二月间没有孵蚕，就把新丝预卖给人家了；五月里还刚插秧，却又不得不出卖掉未上场的新谷。这些都好似为了医治眼前的脓疮，而不得不挖下一块块完好的心头肉。我真希望皇上有一副好心肠，能把那一支支照明的蜡烛，不要只照耀广厦中那豪华的宴会，多照照逃亡流浪的农家遗下的破房子吧。

后来，人们便把“医得眼前疮，剜却心头肉”这两句诗，简化引申为“剜肉补疮”或“剜肉医疮”这个成语，用来比喻只顾眼前应急，不顾日后的困苦或后果。

流水桃花

这个成语故事出自唐代李白《山中问答》诗。

皖南黄山，犹如仙境，千百年来，不知博得过多少诗人的讴歌和赞美。唐朝天宝十二年（753年），诗仙李白曾经来到这里遨游，并写下了一些隽永飘逸的诗篇。

流水桃花

位于黄山西南面的碧山，好似一块璀璨晶莹的碧玉镶嵌在黄山的画屏上。它不仅是座玲珑秀丽的名山，而且还盛产一种名叫白鹇的珍禽。这种鸟，形状很像山鸡，体形美，羽毛洁白而润泽，惟嘴爪鲜红欲滴，十分逗人喜爱。但它栖于乔松之上，既不易捕捉，又很难饲养。李白来到碧山时，曾亲自去访问过一位叫胡晖的山民。胡晖见了李白，因为久仰他的盛名，便把自己饲养的一对珍贵的白鹇送给了李白，李白很喜欢禽鸟，得此鸟极为高兴，当即挥笔成诗一首《赠黄山胡公求白鹇》相谢。诗中盛赞白鹇玉翎一尘不染，秉性高洁，借以寄托自己的志趣；同时，也赞颂了胡晖与他之间的真挚友情。李白在碧山停留期间，还兴致勃勃地登上了墨岭山上的寻阳台。后来，李白在《山中问答》一诗中，更流露了他在碧山游玩，乐而忘归的兴奋心情。全诗共四句：

问余何意栖碧山，

笑而不答心自闲。

桃花流水窅然去，

别有天地非人间。

碧山：在今安徽黟县西北面。据当时《徽州府志》记载，此地有十里桃林，每至春时，红花与绿树交映，秀色宜人；栖：住，李白游黄山时，曾在碧山小住；窅：深远的样子。

诗的大意是说：如果问我为什么要在碧山久久地盘桓、停留，我心里充满了说不出的欢乐的情趣。那桃花流水般的风光是如此的幽美，真是有别于人间的另一种新的境界。

后来，"桃花流水育然去"这句诗，被简化引申为"流水桃花"或"桃花流水"这个成语，用来形容春日美景；有时也用来比喻男女间的爱情。

涕零如雨

语出自《诗经·小雅·小明》。

这首诗是位大夫由于行役日久，自述念友、思归的复杂心情的诗。全诗共五章，前三章言及念友、怀归的心情；后二章勉励同僚友人要居安思危。诗的第一章是：

明明上天，照临下土。我征徂西，至于艽野。二月初吉，载离寒暑；心之忧矣，其毒大苦。念彼共人，涕零如雨；岂不怀归，畏此罪罟。

征：出发，出征；徂：往；艽野：荒远之地；初吉：上旬吉日；共人：与作者志同道合的同僚、友人；涕零：流泪；罟：网。

这章诗的大意是：明明的上天，明察下土。自从我出征往西，到了那荒远之地。那是二月初旬，如今却已更历寒暑。心里的忧伤呀，就像毒药般苦。想到志同道合的同僚、友人，眼泪像雨水一样往下淌。难道不想归家？是怕无辜身陷罗网！

后来，“涕零如雨”这句诗被引申为成语，用来形容忧伤、思念之情极深，眼泪像雨水一般往下淌。

冥顽不灵

这个成语故事出自唐代韩愈《祭鳄鱼文》。冥顽：愚笨无知；灵：聪明。

韩愈在《祭鳄鱼文》中，历数了鳄鱼为害一方的罪行之后，便限令恶溪中的鳄鱼在三到七天之内，立即迁到南海里去住。文中写道：

七日不能，是终不肯徙也，是不有刺史而听从其言也。不然，则是鳄鱼冥顽不灵，刺史虽有言，不闻不知也。夫傲天子之命吏，不听其言，不徒以避之，与冥顽不灵为民物害者，皆可杀。

意思说：到了限期的七天，还不肯迁到大海中去，这就是终究不肯搬迁了，这就是眼里没有刺史，不听刺史的忠告了。这样，那就是鳄鱼愚顽不通人性，刺史虽有言在先，却既不听也不懂得。如果敢于傲视天子的官吏，不听他的劝告，不肯搬迁，对那些愚顽无知、残害人民生命财产的东西，都要捕而杀之。

鳄鱼，本是一种凶猛的爬行动物，长约七米，是鳄类中最大的一种，皮和鳞都很坚硬。一般生活在热带海洋、河流和池沼中，我国广东地区也偶有发现。它本来是不会通人性的，但是这次却出现了意外的奇迹。在韩愈投下祭品和祭文之后，在限令鳄鱼搬迁南海的期限内的一天夜里，突然发生了一场罕见的狂风暴雨；同时也许发生了人们未曾察觉的水下地震，恶溪的水文和地理条件骤然起了变化，鳄鱼存身不住，都迁走了。

根据这个故事，后来“冥顽不灵”这句话，被引申为成语，用来形容愚笨无知。

桃花潭水

这个成语故事出自唐代李白《赠汪伦》诗。

李白漫游至今安徽泾县桃花潭时，当地村民汪伦曾特地酿酒招待他。分别时，汪伦又以脚打节拍，边走边唱，为李白送行。李白很受感动，特地写下了这首富有民歌色彩的小诗《赠汪伦》，表达了他与汪伦的深厚情谊。全诗四句：

李白乘舟将欲行，
忽闻岸上踏歌声。
桃花潭水深千尺，
不及汪伦送我情。

汪伦：泾县（今安徽泾县）桃花潭的农民；踏歌：民间一种歌唱形式，以脚步踏地为节拍；桃花潭：在今安徽泾县西南。

诗的大意是：李白乘船将要离去，忽然听到岸上传来了送行的歌声。纵然那桃花潭水有千尺之深，也没有汪伦送我的情意深啊！

这首诗清新活泼，很富感染力。全诗二十八个字，没有用一个典故，没有任何夸张，语言平易浅近，连一个费解的字都找不到，但却以深挚的感情打动着读者。

后来，人们便由此引出“桃花潭水”这个成语，用以比喻友谊深厚。

晓风残月

这个成语故事出自北宋柳永《雨霖铃》词。晓：拂晓；雨霖铃：词调名。

柳永，初名三变，字耆卿，北宋福建崇安人。柳永生活在宋仁宗时代，当时随着农业生产的发展，商业和手工业也空前发展，城市繁荣，一般达官贵人和富商大贾，生活奢侈，征歌选色，无不尽情地挥霍、享乐。早年，柳永应试不第，便流连于城市之中，出没于娼馆酒楼之间，而教坊（当时的歌伎院）乐工，每每得到新的曲谱，便常求柳永配上歌词。柳永便写了大量的慢词（即指与当时流行于文人学士之间字少调短的“小令”比较而言是字多调长的词）新声，受到市民的欢迎。可是，宋仁宗听到后，却认为他品质恶劣，不让他中进士，还挖苦柳永说：“此人风前月下，好去浅斟低唱，何要浮名？且去填词！”几句话，便决定了柳永在政治上一生不得志。晚年虽考中进士，但也只做过余杭令、屯田员外郎等小官，穷愁潦倒，家无余财，据说死后还是伎女们集资收葬的。

柳永是北宋著名的词人，精通音律，学习并发展了流传于民间的“慢词”曲调。创制的长调，语言通俗，音节谐婉，情景交融，并长于铺叙刻画，能将曲折复杂的感情，写得淋漓尽致。当然，他的作品中也存在消极颓废的东西。

《雨霖铃》是柳永词的代表之作。它写的是男女恋情和离愁别情，是用女方的口气来表现送别恋人的哀伤感情的。词的上片叙述离别的时间、地点和分别时的种种情态；下片着重写女方的心理活动，设想别后的凄凉处境。从题材内容上看，这首词艺术成就较高，是传诵一时的作品。词的全文是：

寒蝉凄切，对长亭晚，骤雨初歇。都门帐饮无绪，留恋处，兰舟催发。执手相看泪眼，竟无语凝噎。念去去千里烟波，暮霭沉沉楚天阔。

多情自古伤离别。更那堪、冷落清秋节！今宵酒醒何处？杨柳岸，晓风残月。此去经年，应是良辰好景虚设。便纵有千种风情，更与何人说？

寒蝉：秋蝉；长亭：古时大路上修建的供行人休息的小亭子，也常是送别的地方；都门帐饮：在京都城外搭起帐篷，为人设宴送行；兰舟：兰木舟，对客船的美称；凝噎：难过得说不出话来；去去：去了去了之意；暮霭：傍晚的云雾；楚天：泛指南国的天空；多情：多情的人；经：过；经年：年复一年；风情：情意；更：将，打算。

词的大意是：蝉声凄切，夜色渐浓，在这骤雨刚住的时刻，京都城门外的帐幕里，将要分离的人们虽有杯酒相酬，但实在无心宴饮。正在这依依不舍之际，客船却催着出发了。分离的人儿啊，泪眼模糊，执手相看，纵有千言万语，竟说不出半句来。再想到他离去了之后，千里烟波，楚天空阔，暮霭沉沉，征途渺渺，何日才能重新会面呢？

多情的人自古就是最伤离别的。何况这怅惘的离情加上冷落的中秋之夜，更难以忍受。将要远去的人儿啊，今天夜里，当你酒过一觉醒来之时，已不知置身何地。在那杨柳夹岸，晓风拂面，残月将落，四顾苍茫的情景下，又将是怎么一种滋味啊！这回离去之后，年复一年，虽说是良辰美景也无心观赏，纵使我有无限美好的情意，可又向谁去倾诉呢？

后来，人们便把“晓风残月”引申为成语，用来形容冷落凄凉的意境；也用来概括拂晓时，晓风吹拂，残月将落的景况。

泰山压卵

这个成语故事出自《晋书·孙惠传》：“况履顺讨逆，执正伐邪，是乌获摧冰，贲育拉朽，猛兽吞狐，泰山压卵，因风燎原，未足方也。”

公元 265 年，司马炎代魏称帝，建立西晋王朝，史称晋武帝。为了永久统治天下，他把同姓子弟都封为王，让他们分守全国重要城邑。

公元 302 年，河间王司马颐与长沙司马乂联合起来攻杀了司马同。这时，成都王司马颖专权辅政，任用孙惠，封他为大将军参军。不久，司马颐和司马颖联合攻杀了司马乂，然后又将司马颖废掉。孙惠由于擅自杀死司马颖的门将梁俊，更换姓名潜逃。后来，东海王司马越在下邳大举起兵，声势很大，表示拥戴皇室。孙惠对司马越抱有很大希望，于是化名南岳逸士秦秘之，给他写了一封信。孙惠在信中称颂司马越的举兵好像是猛兽吞食一只小狐狸，高峻的泰山压一个小小的鸟卵；必胜无疑。

司马越非常赏识孙惠的文才，派人张贴榜文寻找写信人。后来终于找到孙惠，就任他为记室参军，负责军中文书工作，并参与谋议大事。此后孙惠屡次升官，受到重用。